A Gabriela, Juan José y Virginia, con cake-bizcocho-torta,
refresco, y helado de chocolate.

*For Gabriela, Juan José and Virginia, with cake, sodas and
chocolate ice cream.*

Contenido CONTENTS

Nace una isla

En este planeta en el cual tú y yo vivimos hay mucha mucha agua de mar: salada, cristalina y azul. Dispersos por el ancho océano hay pedazos de tierra de todos los tamaños. A las tierras grandes, que nadie podría andar ni siquiera en treinta días, se les llama continentes.

Norteamérica es un continente. Para cruzarlo necesitaríamos caminar varios meses seguidos, escalar montañas muy altas y frías, y atravesar muchos ríos. Asia es otro continente, aún mayor, con montañas inmensas y heladas, y con desiertos que parecen interminables.

A los pedazos de tierra medianos y pequeños se les llama islas. Puerto Rico es una isla y, si quisiéramos, la podríamos caminar de un extremo a otro en cuestión de diez días; un poco menos si nos apuramos, y bastante más si nos detenemos para descansar y disfrutar el paisaje. Alrededor de Puerto Rico hay otras islas hermanas: Mona, Vieques, La Española (Haití y República Dominicana), Santo Tomás, Jamaica, Guadalupe, Cuba y muchas más.

Puerto Rico no siempre existió. Al igual que tú y yo, nació un día. Antes de nacer no era una isla, sino sólo fondo de mar. Luego ese fondo subió debido a presiones del interior del planeta, hasta asomar en la superficie. A diferencia de lo que ocurre con nosotros, nadie sabe bien en qué día nació Puerto Rico, de manera que no le podemos celebrar el cumpleaños.

Tampoco sabemos con exactitud en qué año nació Puerto Rico; ¡y ni siquiera en qué siglo! Se sabe, eso sí, que la isla es muy vieja. Mucho más vieja que tus abuelos, y que los abuelos de tus abuelos. Ya existía —verdísima y repleta de pájaros y cangrejos, de caracoles y coquíes— cuando hace unos cuatro mil años llegaron a ella en canoa los primeros indios suramericanos.

AN ISLAND IS BORN

This planet on which you and I live is mostly covered with water: salty, blue, and crystal-clear. Scattered throughout the wide ocean are pieces of land of all sizes. The large lands, which no one could walk in even thirty days, are called continents.

North America is a continent. To walk across it, we would have to march continuously for several months, hike some very tall and cold mountains, and cross many rivers. Asia is another continent, still larger, with immense and frozen mountains, and with deserts that seem endless.

The medium-sized and small land pieces are called islands. Puerto Rico is an island and, if we wanted, we could ramble through it from one side to the other in a matter of ten days; a little less if we hurry along, and a lot more if we stop to rest and to enjoy the landscape. Around Puerto Rico there are other, sister islands: Mona, Vieques, Hispaniola (Haiti and Dominican Republic), Saint Thomas, Jamaica, Guadeloupe, Cuba, and many more.

Puerto Rico didn't always exist. Just like you and me, it was born one day. Before being born, it wasn't an island at all, but just ocean

floor. Later this floor was lifted by pressure from the inside of the planet, until it appeared above the surface. Unlike as with people, no one knows on what precise day Puerto Rico was born, so we cannot celebrate its birthday.

We don't even have knowledge of what year Puerto Rico was born; or even what century! We do know that the island is very old. Much older than your grandparents, and than your grandparent's grandparents. It already existed—fully green and crowded with birds and crabs, snails and frogs—when some 4000 years ago the first South American Indians arrived in canoes.

Llegan plantas y animales

Algunos científicos estudian las rocas y saben decir, más o menos, qué edad tiene cada piedrecita. Ellos han estudiado las rocas de Puerto Rico, y gracias a eso sabemos hoy que la isla tiene una edad de, por lo menos, ¡40 millones de años! Esa es una cantidad de tiempo colosal, equivalente a ¡345 años por c a d a l e t r a impresa en este libro!

Como cualquier bebé, Puerto Rico nació muy pequeña, y desnuda. Luego creció y, con el tiempo, se cubrió de plantas y animales. Éstos vinieron de los continentes cercanos y también de las islas vecinas.

La isla no creció despacio, ni poquito a poco como nosotros. A veces vivió terremotos y la erupción de volcanes muy violentos. El suelo entonces se sacudía, y también los árboles. Las montañas soltaban fuegos grandes y humos negros, y la isla crecía mucho en unos pocos días. Otras veces, por el contrario, se hundía un poco en el mar.

Las semillas de las primeras plantas llegaron tanto por aire como por mar. El viento se encargó de hacer volar las más ligeras. Éstas tenían su propio equipo de vuelo: habían desarrollado como alas y hélices diminutas, o estaban cubiertas de pelillos. Otras semillas, grandes pero capaces de flotar, navegaron sin rumbo fijo durante semanas, hasta que el mar las empujó hacia la costa boriqueña, donde germinaron y afincaron sus raíces.

Junto a las semillas voladoras los vientos cargaron también insectos muy pequeños. Otros insectos un poco mayores y algunas aves hicieron el viaje por cuenta propia, batiendo sus alas.

Por mar vinieron nadadores expertos, como las iguanas y las jicoteas. También por vía acuática llegaron otros animales incapaces por completo de nadar y ni siquiera capaces de flotar. Lapas, alacranes y gongolíes llegaron a la isla como lo hacen hoy muchos turistas: como pasajeros de "barcos".

Las "embarcaciones" que usaron estos animales eran muy extrañas. No eran grandes como las que vemos hoy en el puerto de San Juan; tampoco eran cómodas, rápidas, ni divertidas. No tenían vela ni motor, ¡y ni siquiera capitán! Estos "barcos" eran balsas naturales, formadas por enredos de troncos y ramas que habían

PLANTS AND ANIMALS ARRIVE

Some scientists study the rocks, and can tell, more or less, the age of each little stone. They have studied the rocks of Puerto Rico, and thanks to them, today we know the island is, at least, 40 million years old! That is a colossal amount of time. It is about equivalent to 345 years for _e v e r y   l e t t e r_ printed in this book!

Just like any other baby, Puerto Rico was born very small, and naked. It later grew and, with time, got covered with plants and animals. These came from nearby continents, and also from neighboring islands.

The island didn't grow slowly, nor little by little like we do. At times it went through earthquakes and the eruption of violent volcanoes. The ground then shook, and so did the trees. From the mountains gushed-out great fires and black fumes, and the island grew much in but a few days. At other times, on the contrary, it sank a little under the sea.

The seeds of the first plants came both by air and by sea. The wind took care of making the lighter seeds fly. These had their own flight-equipment: they had developed small wing-like and propeller-like additions, or were covered with thin hairs. Other seeds, larger but capable of floating, navigated without aim for whole weeks, until the sea threw them onto the Puerto Rican shore, where they took hold and shot out their roots.

Along with the flying seeds, the winds also carried some very small insects. Other slightly larger insects and some birds did the trip on their own, flapping their wings.

Expert swimmers, like iguanas and turtles, came by sea, as did other animals completely incapable of swimming, and even of floating. Slugs, scorpions and millipedes reached the island like many tourists do today: as passengers on "boats."

The "ships" used by these animals were very strange. They were not large, like the ones we see today in San Juan harbor; and neither were they comfortable, fast nor fun. They didn't have a sail or a motor, and not even a captain! These "ships" were natural rafts, made of tangles of tree trunks and branches thrown out to the sea, on days of pouring rain, by the continental rivers.

The winds and ocean currents later pushed the rafts in different

sido lanzados al mar, en días de lluvias torrenciales, por los ríos de los continentes.

Los vientos y las corrientes del océano empujaban luego las balsas en distintas direcciones. Después de pasarse varios días rodeados de cielo y mar, algunas balsas encallaban —¡de pura suerte!— en las playas de Puerto Rico; otras iban a dar a otras islas. Esto ocurrió una y otra vez, hace millones de años.

Como los animales-marineros no sabían nadar bien —ni podían volar—, quedaron atrapados en esta tierra extraordinaria. Con el tiempo, los nietos de sus nietos se diferenciaron de sus tatarabuelos navegantes: se hicieron puertorriqueños. Por eso hoy muchos de ellos no viven en ninguna otra parte de la Tierra.

Otros animales sí son capaces de volar o nadar de una isla a otra. La paloma cabeciblanca y la jicotea, por ejemplo, pueden cruzar el tramo de mar que hay entre La Española y Puerto Rico; por eso viven también en muchas islas vecinas. Ellos son puertorriqueños, y son, además, antillanos.

Por último, hay animales que vuelan tan bien como los aviones. De cuando en cuando estas criaturas hacen el viaje de ida o vuelta hasta América del Norte o América del Sur. Entre ellos están el gavilán de sierra, el murciélago coludo y la mariposa malaquita. Estos animales habitan muchas otras tierras americanas, incluso las continentales; son boriqueños, y también jamaicanos, norteamericanos, costarricenses y venezolanos.

Con el tiempo Puerto Rico se vistió de verde y se llenó de movimiento; así se cubrió de aromas, de cantos y de chirridos. Con el paso de tantos millones de años, las plantas y los animales se acostumbraron más y más a vivir los unos junto a los otros. También se adaptaron al sol intenso, al salitre del aire.

Después de tantísimo tiempo, los bejucos y los árboles, los coquíes y los lagartijos, y las mariposas y los pájaros se han convertido en parte de la isla misma. Ellos son como su cabellera, su cara, su corazón. Las rocas duras y limpias son sus huesos; y su sangre corre por los arroyos. Sus ojos están en el sampedrito que nos vigila y en la culebra que nos evita. Las ramas que rozan nuestro cuerpo son sus brazos y manos.

directions. After spending several days surrounded by sky and sea, some rafts were stranded—just by chance!—on a Puerto Rican beach; other rafts ended up on other islands. This happened many times over millions of years.

Since the sailor-animals didn't know how to swim properly—and couldn't fly—they were trapped on this extraordinary land. With time, the grandsons of their grandsons differed from their navigating grandparents: they turned Puerto Rican. That is why many of them do not live on any other part of the Earth.

There are animals capable of flying or swimming from one island to another. The white-crowned pigeon and the slider, for example, can cross the gap between Hispaniola and Puerto Rico; and for that reason they also live on neighboring islands. These animals are Puerto Rican, and also Antillean.

Lastly, there are animals that fly as well as airplanes. Every now and then, these creatures make the trip to or from North or South America. Among them are the sharp-shinned hawk, the free-tailed bat, and the malachite butterfly. These animals live in many other American lands, even continental ones; they are Puerto Rican, and also Jamaican, North American, Costa Rican, and Venezuelan.

As time went by, Puerto Rico was clothed in green and filled with movement; it was covered with scents, songs, and chirps. With the passing of so many million years, the plants and animals adjusted to each other more and more. They also adapted to the bright sunshine and the salty air.

After so much time, the vines and trees, the frogs and lizards, and the butterflies and birds have turned into part of the very island. They are like the island's mane, its face, its heart. The hard and clean rocks are its bones; and its blood flows with the many streams. Its eyes are in the tody that is watching us, and in the snake that avoids us. The twigs that brush our body are its arms and hands.

Para encontrar los animales en el libro, busca debajo su número de página.

To find these animals in the book, refer to their page number below.

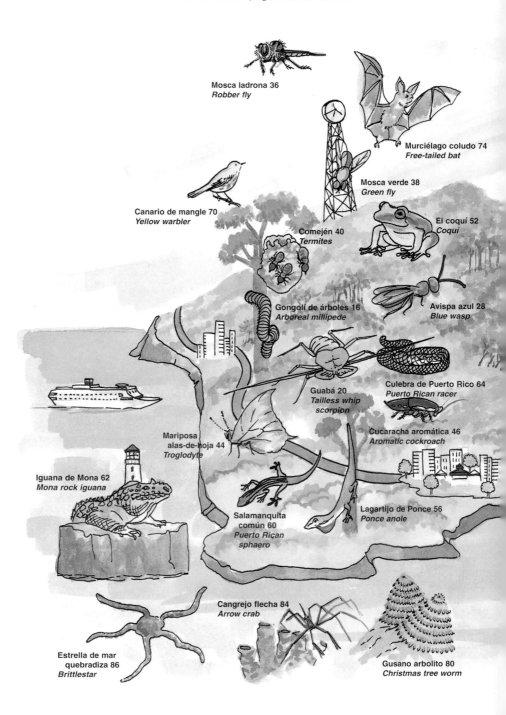

Mosca ladrona 36
Robber fly

Murciélago coludo 74
Free-tailed bat

Mosca verde 38
Green fly

Canario de mangle 70
Yellow warbler

Comején 40
Termites

El coquí 52
Coquí

Gongolí de árboles 16
Arboreal millipede

Avispa azul 28
Blue wasp

Guabá 20
Tailless whip scorpion

Culebra de Puerto Rico 64
Puerto Rican racer

Cucaracha aromática 46
Aromatic cockroach

Mariposa alas-de-hoja 44
Troglodyte

Iguana de Mona 62
Mona rock iguana

Salamanquita común 60
Puerto Rican sphaero

Lagartijo de Ponce 56
Ponce anole

Cangrejo flecha 84
Arrow crab

Estrella de mar quebradiza 86
Brittlestar

Gusano arbolito 80
Christmas tree worm

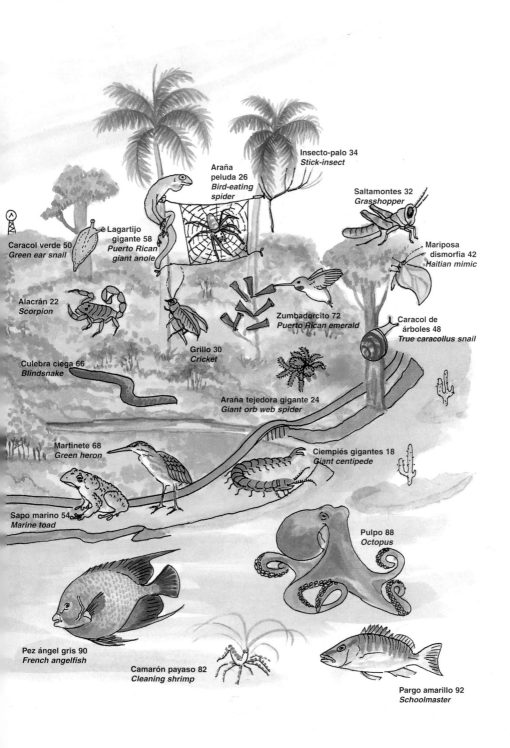

Insecto-palo 34
Stick-insect

Araña
peluda 26
*Bird-eating
spider*

Saltamontes 32
Grasshopper

Araña
peluda 26
*Bird-eating
spider*

Mariposa
dismorfia 42
Haitian mimic

Caracol verde 50
Green ear snail

Lagartijo
gigante 58
*Puerto Rican
giant anole*

Alacrán 22
Scorpion

Zumbadorcito 72
Puerto Rican emerald

Caracol de
árboles 48
True caracollus snail

Grillo 30
Cricket

Culebra ciega 66
Blindsnake

Araña tejedora gigante 24
Giant orb web spider

Martinete 68
Green heron

Ciempiés gigantes 18
Giant centipede

Sapo marino 54
Marine toad

Pulpo 88
Octopus

Pez ángel gris 90
French angelfish

Camarón payaso 82
Cleaning shrimp

Pargo amarillo 92
Schoolmaster

¿Animales feos...?

Ahora conocerás algunos de los más de 5.000 animales diferentes que, según los zoólogos, habitan Puerto Rico. La cifra aumenta cada año, pues se descubren más y más criaturas pequeñas, expertas en esconderse entre las plantas. Por eso suponemos que aún quedan muchos animales por descubrir.

En este libro verás animales de colorido alegre, y también otros, vestidos por entero de sobrio gris o marrón; los hay ojigrandes y completamente ciegos; calmudos y vivarachos. La mayoría son inofensivos y los que pican duro lo hacen sólo para defenderse.

No sería justo calificarlos de bonitos o feos. Si alguno parece feo es porque lleva una vida muy diferente de la nuestra; en realidad todos son maravillosos. Los animales nos dan sorpresas a cada momento, pues funcionan sin baterías y se guían no por control remoto, sino por sus propios apetitos y deseos.

Cada animal sabe buscar su alimento, evitar a sus perseguidores, encontrar pareja, y —si es hembra— poner huevos de los que salen hijas e hijos con iguales habilidades para vivir. Tienen encanto incluso aquellos que son grises, ciegos y calmudos, y también los que pican.

Tampoco podemos decir que este o aquel animal sea bueno o malo, beneficioso o perjudicial, o que algunos de ellos sean más importantes que los demás. Todos juntos cuidan la salud del bosque, y ayudan a las plantas a limpiar el aire y el agua. Cada uno de ellos forma parte de esta isla hermosa, y cada uno es necesitado por los demás. Ellos necesitan de ti . . . y tú de ellos.

UGLY ANIMALS . . . ?

You will now meet some of the more than 5000 different animals that, according to zoologists, live in Puerto Rico. The number increases every year, since more and more little critters, experts in the art of hiding among the plants, are discovered. Supposedly, many more await discovery.

In this book you will find animals of happy, party-like colors, others dressed up in sober grays and browns; some are big-eyed, others completely blind; and there are calm and lively ones too. Most are harmless, and those that bite hard are only defending themselves.

It isn't right to label animals ugly or pretty. If any of them appears ugly, usually it's because its lifestyle is quite different from ours; they are all truly marvelous. Animals surprise us every minute: they function without batteries and are guided not by remote control but by their own appetites and wishes.

Every animal knows how to look for its food, how to avoid chasers, how to find a mate, and—if it is a female—how to lay eggs from which spring infants with similar abilities for life. Even those gray, blind and unhurried—and also the ones that bite—are charming.

Neither can we say that this or that animal is good or bad, beneficial or harmful, or that some are more important than others. They all take part in the forest's health, and help the plants clean up the air and water. Each of them belongs in this beautiful island, and each is needed by the others. They all need you . . . and you need them.

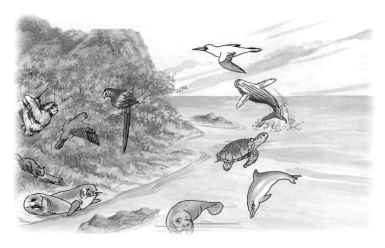

El gongolí de árboles ARBOREAL MILLIPEDE

Aquí tienes al gongolí, a quien también se le llama gungulén o gongolón. La palabra original fue traída de África por los esclavos.

In Puerto Rico a millipede is known as gongolí, gungulén or gongolón. The original word was brought from Africa with the

Mayagüez   10 cm / 4 in

Así llaman en ese continente a estos animales de tantas y tantas patas, y el nombre se les quedó. En la mayoría de los países se les conoce por el nombre de milpiés.

En Puerto Rico viven decenas de tipos de gongolíes, diferentes de los que viven en África o en cualquier otro lugar del mundo.

slaves. That's how millipedes are called in that continent, and the name stuck. The word millipede comes from the Latin, and means "1000 feet."

There are dozens of kinds of millipedes in Puerto Rico, different from the ones living in Africa or anywhere else in the world. Some are big, with

Los hay grandes, con centenares de patas, y pequeños, que apenas poseen algunas decenas de patas. Ningún gongolí llega a esos mil "pies". Para saber cuántas patas tiene un gongolí basta contar los segmentos del cuerpo, y multiplicar esa cifra por cuatro. Éste de la fotografía muestra cuarenta y ocho segmentos y suma, por tanto, 192 patas.

Los gongolíes se alimentan de hongos y hojas muertas. Por eso es común encontrarlos caminando por el suelo de los bosques. Al gongolí de árboles, sin embargo, le encanta trepar.

Si molestas a un gongolí de árboles, te disparará a la mano unos chorritos muy finos de una sustancia que tiñe la piel del color del yodo, huele mal, y sabe aún peor. Así se defiende.

hundreds of legs, while others are very small, and have but a few dozen legs. No millipede ever reaches 1000 legs. In order to find out how many legs a millipede has, you just count the number of segments that make up the body, and multiply the amount by four. The one you see in the photograph shows forty eight body segments, and thus adds up to 192 legs.

Millipedes feed on fungi and dead leaves. That's why it is common to find them walking over the forest floor. The arboreal millipede, however, is fond of climbing.

If you annoy an arboreal millipede, it will shoot a fine spray of a substance toward your hand that stains your skin the color of iodine, smells bad, and tastes even worse. This is his best defense.

Casi todos los ciempiés son pequeños. Éste de la fotografía es, entre los ciempiés, un gigante; es casi del largo de un lápiz nuevo. Como podrás ver, el nombre de este animal es otra exageración, pues apenas tiene cuarenta patas (sólo dos por cada segmento).

El ciempiés gigante muerde duro. Al igual que la avispa y la araña peluda, inyecta cierta cantidad de veneno. Su efecto es tan doloroso que luego es necesario tomar algún calmante para aliviar el dolor.

El aspecto de los ciempiés engaña. Cualquiera diría que pican por detrás, con los dos garfios largos y puntiagudos. Pero no: pican por delante. Si alguna vez descubres un ciempiés gigante, sigue un buen consejo: déjalo tranquilo. Así no habrá problema, pues ellos jamás molestan a las personas.

El ciempiés gigante pasa la mayor parte del tiempo escondido debajo de las piedras. Por la noche, o cuando llueve, se alborota, y entonces se mueve por campo abierto. Es cazador, y lo mismo devora lombrices de tierra que larvas de insectos, rani-

Most centipedes (the word means "100 feet") are small. The one you see in this photograph is—among centipedes— a real giant; almost the length of a brand new pencil. As you can check out yourself, the name is an overstatement, since the actual number of legs only reaches forty (in this case only two per segment).

The giant centipede can bite hard. Like a wasp or a bird-eating spider, it injects a certain amount of venom. In order to alleviate the pain, the person may have to take medication.

The looks of a centipede are deceiving. You would say that they bite from the rear end, with the pair of long and pointed hooks. But beware: they bite from the front end. If you ever encounter a giant centipede, follow some good advice: leave him alone. Then there will be no problem, since they never bother people.

The giant centipede spends most of the time hidden under a stone. At night, or when it rains, it livens up, and takes to moving across the country. Being a hunter, the giant milli-

Real Anón, Ponce   15 cm / 6 in

tas, e incluso cangrejos pequeños. Los ciempiés son beneficiosos para la agricultura, pues consumen aquellos insectos que más abundan, y que pudieran dañar los cultivos.

pede devours earthworms, insect larvae, frogs, and even small land crabs. By eating those insects that are most abundant, centipedes help control agricultural pests.

Maricao   12 cm / 5 in

Si le contamos las patas a un guabá, veremos que tiene sólo seis, como todos los insectos. Pero resulta que su par de muy largas antenas son en realidad patas-transfor-madas-en-antenas. Así el total de patas se eleva a ocho, igual que todas las arañas y los alacranes. El guabá es, por tanto, primo de éstos.

El guabá es casi ciego y además cazador, y por eso le resultan útiles sus larguísi-mas antenas. Con ellas siente desde lejos dónde está el ani-

If you count the legs of a tailless whip scorpion, they will add up to only six, the same amount that all insects have. But their pair of very long antennas are, actually, legs-turned-into-antennae. Their total amount of legs, then, is eight, just like all spiders and scorpions. The tailless whip scorpion, thus, is a cousin of these.

Being a blind hunter, the tailless whip scorpion has good use for the very long antennae. With them, it can sense from

malillo que le puede servir de alimento, y así sabe hacia dónde dirigir el ataque. Pasa el día escondido en grietas oscuras, y caza de noche, cuando sube al tronco de los árboles en busca de insectos grandes, lagartijos o ranas.

Por su aspecto y tamaño, el guabá es impresionante y da un poco de miedo. Para colmo, se mueve con mucha agilidad y para donde menos uno se imagina. Pero el guabá jamás ataca a las personas. Con todo y eso es aconsejable no molestarlo, pues se defiende con sus muy puntiagudos garfios.

far away where its food is located, and knows where to direct the attack. It spends the day hidden in dark crevices, and hunts at night, when it climbs to the tree trunks in search of large insects, lizards or frogs.

From its looks and size, the tailless whip scorpion is an impressive and fearsome critter. To make things worse, it moves very rapidly, and in unpredictable directions. But it will never attack a person. Anyway, its better to leave it alone, since it is quite able to defend itself with its pointed claws.

El alacrán

 SCORPION

Alacranes hay en todos los continentes (menos en la Antártida), y en la mayoría de las islas. Y lo mismo en Puerto Rico que en China, casi todos los alacranes que salen a la vista mueren de un zapatazo enérgico.

Hay un motivo para esto: a los alacranes les gusta esconderse entre la ropa, y luego, cuando uno se viste, no demoran en clavarnos en la piel el puntiagudo aguijón que tienen en el extremo de la cola.

La parte gruesa del aguijón está cargada de un veneno muy irritante, conectado a la punta mediante una perforación. El conjunto funciona igual que una inyección. La única diferencia —y no exagero— es que duele ocho veces más que la peor de las inyecciones.

Aunque para nosotros la picada de un alacrán pueda parecer diabólica, para ellos es simplemente un medio de defensa. Los alacranes son parte inseparable de los bosques de la misma manera que un dedo tuyo es parte de tu cuerpo. Un bosque

Except Antarctica, every continent and most of the world's islands house some scorpions. In both Puerto Rico, and China, almost every scorpion that shows up is crushed under a shoe.

There is a motive for this: scorpions like to hide within clothing, and later, while the person gets dressed, they do not hesitate to pinch the skin with the pointed hook they carry at the end of their tail.

The thick part of the hook is charged with a very irritating venom, connected to the tip through a canal. The arrangement works just like an injection. The only difference—and I'm not exaggerating here—is that it hurts eight times more than the worst of shots.

Although to us the bite from a scorpion might seem diabolical, for them it's just a matter of self-defense. Scorpions are an inseparable part of the forests, just like any of your fingers is part of you. A forest with scorpions is a healthy forest.

We know from traces left on the rocks—the so-called fos-

con alacranes es un bosque saludable.

Se sabe por las huellas dejadas en las rocas —o sea,

sils—that scorpions have been around for at least 400 million years. They are ten times older than the island of Puerto Rico,

Real Anón, Ponce   5 cm / 2 in

por los fósiles— que los alacranes existen desde hace 400 millones de años. Son diez veces más antiguos que Puerto Rico, y dos veces más antiguos que los primeros dinosaurios.

and twice older than the first dinosaurs.

La araña tejedora gigante GIANT ORB WEB SPIDER

Casi todas las arañas son venenosas, pero no hay que tenerles miedo. La mayoría resultan inofensivas: unas, porque jamás muerden; otras, porque su veneno es muy débil.

Por lo grande y colorida, esta araña de la fotografía parece peligrosa, pero no lo es. En Puerto Rico sólo hay dos tipos de arañas cuya picadura es muy dolorosa. Una es la llamada viuda negra, pequeña y de color negro, con una marca roja en el vientre. La otra es la araña peluda.

Cambalache, Vega Alta · 8 cm / 3 in

La hembra de la araña tejedora es la única en verdad gigante y alcanza el largo de tu dedo meñique. El macho adulto es siempre un enanito, cuatro veces más pequeño que ella.

La araña tejedora gigante vive también en el resto de las islas antillanas, y en los continentes americanos. Otras especies hermanas, e igual

Most spiders are venomous, but this is no reason to fear them. The majority are completely harmless: some,

because they never bite; others, because their venom is very weak.

Being large and colorful, the spider on this page seems dangerous, but it isn't. Only two Puerto Rican spiders can inflict a painful bite. One is the so-called black widow, small and entirely black, with a red mark

de grandes, viven en otros continentes.

La araña tejedora gigante produce la seda más fuerte del mundo, de color amarillo. A falta de anzuelos, los nativos de África y Australia aprendieron a pescar con ella. Hacen con la seda una pelotita, que untan con carnada. A los peces hambrientos se les enredan los dientes en esa pelotita, y pueden ser así sacados del agua.

under the belly. The other one is the bird-eating spider.

Only the female orb web spider is actually gigantic, reaching about the size of your little finger. The adult male is always a midget, four times smaller than her.

The giant orb web spider is also found on the other Caribbean islands, and on the American continents. Sister species, equally large, live on the other continents.

The giant orb web spider produces a yellow silk, the strongest in the world. For lack of hooks, natives of Africa and Australia learned how to fish with this silk. They make silk balls, which are soaked with bait juices. Fish get their teeth tangled in that mess, and are then pulled out of the water.

La araña peluda

En todos los países tropicales hay arañas peludas, y dondequiera inspiran mucho respeto. Alcanzan el tamaño de un huevo frito, y la cubierta de pelos las hace parecer más temibles aún.

La picada de la araña peluda puede ser dolorosa, pero el miedo es exagerado. En realidad es una criatura muy mansa, capaz de caminar tranquila por encima de una mano. Pica sólo si se la molesta. Por eso es bueno, cuando se duerme en el campo, revisar la ropa y los zapatos antes de ponérselos.

Por el día, las arañas peludas duermen en cuevas que están bajo tierra, o en los agujeros de los árboles. Allí también ponen sus huevos, que pueden ser más de 100. Luego los cubren con vueltas y más vueltas de su seda blanca. Algunas semanas después, las arañas recién nacidas salen del nido y se mueven en todas direcciones en busca de casa y alimento.

Todas las arañas peludas son cazadoras nocturnas. Atacan por igual insectos que

Bird-eating spiders live in all tropical lands, and demand much respect everywhere. They reach about the size of a fried egg, and their covering of hair makes them look even more fearsome.

A bite from a bird-eating spider can be quite painful, but there is no reason for panic. Actually, it is a very peaceful creature, and will quietly walk over a hand with no harm. It will only bite if harassed. When you spend the night in the countryside, it is always a good idea to check your clothes and shoes before putting them on.

During the day, bird-eating spiders sleep in caves under the ground, or in tree holes. In these very dark spots the female lays her eggs, which may count over 100. These are then wrapped in many turns of white silken thread. Several weeks later, the newborn spiders break through, and scatter in all directions in search of their own food and house.

All bird-eating spiders are nocturnal hunters. They stalk insects and frogs, which they kill instantly with venom. Then

ranas, a los que matan enseguida con veneno. Los devoran
inyectándoles una sustancia
que produce la digestión; luego
chupan el contenido como si
fuera una batida.

*the prey is injected with special
substances that produce
digestion, and the contents
are later sucked out like a milk
shake through a straw.*

Real Anón, Ponce   8 cm / 3 in

La avispa azul

Real Anón, Ponce — 4 cm / 2 in

Esta avispa es mucho más grande que cualquiera de las que observes en un avispero. Su picada también resulta más dolorosa. Las antenas rojas son una advertencia; dicen: "¡No me toques!"

La avispa azul es siempre solitaria. No es raro ver a uno de estos insectos mientras camina por el suelo, como inspeccionando el terreno. Al rato despega, para continuar su investigación a poca distancia: busca un agujero donde esté viviendo una araña peluda.

Cuando encuentra una

This wasp is much larger than the ones usually found in regular wasp nests. And its sting is also much more painful. The red antennae are a clear warning; they are saying: "Don't touch me!"

The blue wasp is always solitary, and a rather common sight when it walks over the ground as if surveying the terrain. A while later it will take-off to continue its search not far away: it is looking for a bird-eating spider's den, an occupied one.

As soon as the blue wasp finds a spider hole, it will walk

cueva de araña, la avispa azul entra sin vacilar. Su tarea no es matarla y comérsela, sino paralizarla con un veneno especial y utilizarla como alimento para su larva. La araña siempre se resiste a convertirse en comida para bebitos, y tiene su propia provisión de veneno. La lucha puede ser larga, pero la avispa casi siempre gana la pelea.

Una vez que la araña ha quedado paralizada, la avispa azul coloca un huevo a su lado. Para la larva que nace del huevo, el cuerpo inmóvil de la araña será como una empanadilla gigante, de la cual se alimentará durante muchos días.

into it without hesitation. Its task is not to kill and eat, but to paralyze the spider with a special venom, and use it as food for the larva. The spider usually resists the idea of being turned into baby food, and has its own provision of venom. The conflict can be lengthy, but the wasp usually ends up the winner.

Once the spider has been paralyzed, the blue wasp lays an egg at its side. For the larva that will soon hatch, the motionless body of the spider will be like a giant lasagna, on which it will feed for many days.

El grillo

En el bosque hay siempre muchos grillos. Ninguno de ellos es de colores alegres, aunque ellos mismos sí lo son. Los grillos machos se pasan a veces la noche entera llamando a las hembras con su chirrido. Así, animan la noche.

Para llamar a su novia, el grillo macho levanta las alas y frota una con la otra. Este grillo que ves en la fotografía está llamando a una hembra. Su chirrido es suave y agradable, aunque se puede escuchar a cincuenta pasos de distancia.

En Puerto Rico viven varios tipos de grillos diferentes, todos ellos pardos y muy parecidos entre sí. Algunos se alimentan de hojas tiernas, mientras que otros consumen raíces, algas o criaturas muy pequeñas, microscópicas. Para evitar atraer a las hembras de otras especies, cada tipo de grillo produce un chirrido diferente del resto.

Si alguna vez encuentras un grillo, no trates de atraparlo con la mano. Si lo agarras por una pata, la soltará para poder escapar con vida. Y

The Puerto Rican forests are full of crickets. None of them has cheerful colors, although they are cheerful themselves. Male crickets spend the night calling the female with their trills and chirps. They liven up the night.

To call their darlings, male crickets stretch their forewings upwards, and brush one against the other. The cricket you see in this photograph is calling a female. His trill is soft and pleasing, though it can be clearly heard fifty steps away.

Several kinds of crickets live in Puerto Rico, and all of them are brownish, and quite similar to each other. Some feed on tender leaves, while others grind roots, algae, or very small, microscopic critters. In order to avoid luring in the female of other species, each kind of cricket produces a peculiar type of sound.

Whenever you find a cricket, don't try to catch him with your hand. If grabbed by just one leg, it will allow that leg to be detached from its body in order to escape. And with but one leg the cricket's ability to

Real Anón, Ponce

3 cm / 1 in

con una sola pata sus habilidades para saltar se verán
muy disminuidas. ¡Prueba tú
para que veas!

*jump is greatly diminished. Try
it yourself!*

El saltamontes

Los saltamontes son saltarines de verdad. El último par de patas tiene músculos muy fuertes, que le permiten dar brincos fantásticos.

Si tú y yo tuviéramos músculos así, podríamos saltar por encima de un autobús. Por suerte no los tenemos, pues a consecuencia de un salto semejante seguro que terminaríamos en el hospital, con unos cuantos huesos rotos.

En Puerto Rico viven varios saltamontes diferentes. Se puede reconocer a simple vista cuáles son las hembras, y cuáles los jóvenes. Las hembras tienen detrás un aguijón largo. Este aguijón ni pincha ni contiene veneno; es sólo para colocar los huevos bajo tierra.

Grasshoppers are really jumpy. Their rear pair of legs have very powerful muscles, and allow them to make fantastic leaps.

If you and I had those kinds of muscles, we could jump clear over a bus. It's lucky we don't, because, as a result, we would surely end up in a hospital, with a few broken bones.

In Puerto Rico there are several kinds of grasshoppers. You can easily tell which are the females, and which are the young ones. The females have a long spiky projection behind the abdomen. It doesn't sting or have any venom; its sole function is to lay the eggs under the ground.

You can tell the young

6 cm / 2 in

Isla de la Mona

Al saltamontes joven se le reconoce porque no tiene alas. El macho adulto utiliza las alas no sólo para volar, sino también para chirriar. Así atrae a la hembra en la oscuridad. Algunos saltamontes chirrían muy alto, y si logras acercarte a uno con una linterna, podrás ver como le vibra el cuerpo entero.

Todos los saltamontes son vegetarianos: se alimentan sólo de plantas. Para poder arrancar pedazos de hojas y masticarlas utilizan sus fuertes mandíbulas. Aunque ninguno es venenoso, si los agarras mal, te pueden dar una buena mordida.

grasshopper by the lack of wings. Adult grasshoppers use their wings not only for flying, but also for chirping. That's their way of attracting a female. Some grasshoppers can chirp very loudly, and, if you approach one quietly with a

Isla de La Mona   Joven / juvenile

flashlight, you might be able to see how its body vibrates.

All grasshoppers are vegetarians: they feed on plants only. In order to cut the leaves and chew the pieces, they use their powerful mouthparts, which are called mandibles. None is venomous, but if mishandled they can give you a good bite.

El insecto-palo

STICK-INSECT

¿Pudiste descubrir el insecto que aparece en esta fotografía? Como verás, más que un animal parece la rama de un arbusto. Para confundirse mejor con una rama, camina muy pero que muy despacio. Por eso se le llama insecto-palo, o caballito de palo.

Debido a su extrema lentitud, los insectos-palo no pueden darse el lujo de ser gruesos como los grillos y los saltamontes, ni el de cantar toda la noche; los coquíes y los lagartos los devorarían a todos en cuestión de una semana, y se extinguirían.

El secreto de los insectos-palo es precisamente no llamar la atención. Y lo logran muy bien, pues casi nunca son consumidos por los animales cazadores.

En los bosques de las montañas de Puerto Rico viven varios insectos-palo diferentes. Uno es de color verde; y otro, de color marrón, tiene todo el cuerpo cubierto con espinas.

Como podrás suponer, es difícil encontrar uno. Pero no

Could you find the insect in the photograph? Even if you did, I'm sure you will agree that it looks much more like a stick. In order to blend in still better with the surroundings, it walks very, very slowly. That's why it's called stick-insect.

Because of its extreme sluggishness, stick-insects cannot allow themselves the luxury of being heavy-bodied, like crickets or grasshoppers, nor the luxury of singing all night. The frogs and lizards would finish them off in a matter of days, and stick-insects would go extinct.

The stick-insects' secret is, precisely, not to call attention to themselves. At this they manage quite well, and are only seldom prey to hunting animals.

Several kinds of stick-insects live in the mountain forests of Puerto Rico. One is green; another is brown, with spines all over the body.

As you can imagine, they are very difficult to spot. But they are not uncommon, and if you look hard, you might get lucky. Not long ago, while I walked

son raros, y si buscas bien puede que tengas suerte. Hace poco, después de moverme por entre unos arbustos, sentí que algo me caminaba por la cara. Yo mismo no podía ver qué animal

through some brush, I felt something crawling slowly over my face. I couldn't see what kind of an animal it was, but a friend told me it was a stick-insect. I grabbed it very carefully, felt the tickling of his

Real Anón, Ponce   7 cm / 3 in

era, pero un amigo me dijo que era un insecto-palo. Lo agarré con mucho cuidado, sentí la cosquilla de sus pasos por mi brazo, y luego lo solté.

feet as he walked up my arm, and then released it on a near-by bush.

La mosca ladrona

En Puerto Rico viven más de 900 tipos de moscas. Lo mismo ocurre en muchos otros lugares; en el mundo se conocen cerca de ¡100.000 especies diferentes!

Las moscas que vemos en casa se posan en cualquier cosa putrefacta. Sin quererlo, cargan en sus patas muchas bacterias, que luego dejan sobre nuestros alimentos. Algunas de estas bacterias son capaces de reproducirse dentro de nosotros, y nos pueden causar enfermedades. Así pues, el desagrado por las moscas de la casa está justificado.

Cada una de las diferentes moscas que viven en Puerto Rico tiene, sin embargo, su forma de vida especial. Las hay que viven en bosques húmedos, o en bosques secos; que se alimentan de flores, o de sangre; parásitas, o carnívoras. La mayoría jamás visita las casas.

Esta mosca de la fotografía es una gran cazadora. Si te fijas, verás que bajo el cuerpo sostiene su presa: un pequeño saltamontes. Al igual

More than 900 kinds of flies live in Puerto Rico. And the same abundance can be found in most places; the world is home to some 100,000 species!

The flies you see at home love to settle on any rotting substance. Unintentionally, they carry many bacteria on their feet, which are later transported to our foods. Some of these germs are capable of reproducing inside our bodies, and may cause disease. Our resentment of houseflies is, therefore, understandable.

Each kind of fly that lives in Puerto Rico, though, has its own, very special lifestyle. Some live only in humid forests, or in very dry ones; some feed on flowers, or on blood; others are parasites, or carnivores. Most of them never visit our homes.

The robber fly you see in this photograph is a great hunter. If you look carefully, you will see it is holding its prey: a small grasshopper. Like the spiders, flies are not capable of chewing. When a robber fly catches a meal, it is held firmly under its

Guánica   2 cm / 1 in

que las arañas, las moscas no pueden masticar. Cuando una mosca ladrona captura una presa, la agarra firme debajo de su cuerpo, y va con ella a todas partes, chupando todo el tiempo su sustancia.

body, and taken everywhere, while it sucks out all the nutritious substances.

La mosca verde

En su gran mayoría las moscas son de colores agrisados, los cuales no llaman la atención. Ésta mosca de la fotografía no sólo brilla: su

Most flies are grayish and rarely catch our attention. This one, though, not only shines: its colors change according to the angle from which it is observed.

Real Anón, Ponce   2 cm / 1 in

color cambia de acuerdo con el ángulo desde donde la miremos. Además de verde, adivinamos el verdeazul, el azul, el dorado y el color bronce.

La mosca verde es solitaria, y en apariencia escasa. Pero basta dejar a la intemperie carne fresca para darnos cuenta de dos cosas. La

Aside from the overall green, we can guess some blue-green and blue, and gold and bronze too.

The green fly is solitary, and apparently scarce. But if a piece of fresh meat is left outside the house, a couple of interesting things will soon be discovered. The first is that these insects have a formida-

primera es que estos insectos tienen un olfato formidable, pues a los pocos minutos empiezan a aparecer y a posarse sobre la carne. Y la segunda es que por los alrededores había muchísimas más moscas verdes de las que imaginábamos.

Vienen desde lejos porque quieren poner sus huevos sobre la carne. Sus larvas crecen en la carne sin vida, y así transforman a los animales muertos en moscas nuevas. Las moscas nuevas, a su vez, sirven de alimento a muchos otros animales.

El nutrido grupo de las moscas incluye a muchos otros insectos de dos alas, también molestos, cuyos nombres comienzan igualmente con la letra *m*: mimes, moscos, majes y mosquitos.

ble sense of smell since the flies start showing up and settling on the meat just minutes afterward. The second discovery is that the area holds a much greater number of these flies than you could have ever imagined.

The insects will have traveled quite a distance because they want to lay their eggs on the meat. The larvae grow in the meat, and thus transform dead animals into newborn flies. The young generation of flies is food for many different hunters.

The diverse group of flies includes several other two-winged insects that pester us. In Puerto Rico their names, just by chance, all start with the letter m: mimes, moscos, majes and mosquitos.

El comején

Casi nadie siente aprecio por los comejenes, pero ellos tienen la culpa. A ti y a mí no se nos ocurriría prepararnos una empanadilla de aserrín, ¡pero a ellos les encanta comer madera!

Si los comejenes fueran solitarios, y se comieran hoy un pedacito de lápiz y mañana la punta de una ventana, se les podría perdonar. Pero viven en familias numerosas, de miles y miles de individuos, y son capaces de comerse una mesa, o las puertas y ventanas de la casa.

En cada familia de comejenes hay una sola hembra que pone centenares de huevos cada día, y unos pocos machos que la fecundan. Se les llama reina y reyes. El resto de la incontable tropa son adultos estériles, que roen la madera, y limpian y defienden la casa común, llamada comejenero o termitero. Se les llama obreros y soldados.

En los bosques, los comejenes son muy beneficiosos, pues devoran la madera de ramas y árboles muertos. Muchos de los pequeños

Few people feel sympathy for termites, but they are to blame for this. You and I would never think of preparing ourselves a sawdust hamburger. But termites just love to eat wood!

If termites were solitary, and ate today a small piece of a pencil and tomorrow the tip of a window frame, they could be forgiven. But they live in very numerous families, of thousands and thousands of individuals, and are capable of munching down a whole dinner table, or the entire front door.

Each termite family has but a single female that lays hundreds of eggs every day, and a few males that fertilize her. They are called queen and kings. The rest of the countless troop are sterile adults that grind wood, and clean and protect the communal home, the termite nest. These are called workers and soldiers.

Since termites devour the wood of dead branches and trees, they are important to the forests' health. On the

Real Anón, Ponce   1 cm / 0.5 in

cazadores que habitan los
bosques se alimentan de
comejenes.

other hand, many of the small
hunters feed on termites.

La mariposa dismorfia

En Puerto Rico hay mariposas muy coloridas, que seguramente tú has visto. Por eso aquí te presento una diferente, que trata de pasar inadvertida. Se llama dismor-

There are many gaudily colored butterflies in Puerto Rico that surely you have seen, so here is one that tries hard not to be noticed. Although called Haitian mimic this

Real Anón, Ponce   3 cm / 1 in

fia, y es común en las montañas. La puedes encontrar revoloteando a la orilla de algunos bosques.

Al principio, por cierto, puede que no la reconozcas, pues al volar muestra a intervalos la cara superior de las alas, que es llamativa. El macho la tiene a rayas negras

butterfly also lives in Puerto Rico and other Caribbean islands. You can find it in the mountains, fluttering around the edge of forests.

At first you may not recognize it, since in flight it shows the attractively colored upper sides of its wings as it flies. Those of the male are striped,

42

y anaranjadas, mientras que en la hembra las rayas son negras y amarillas.

Mediante ese colorido, la mariposa dismorfia imita a otra mariposa, también rayada, de tan mal sabor que ningún pájaro se la come. La dismorfia no tiene mal sabor, y si un pájaro la capturara, se la podría comer a gusto. Pero se parece tanto a la otra mariposa desagradable que, cuando vuela, los pájaros ni le prestan atención.

En cuanto se posa, la mariposa dismorfia pliega las alas hacia arriba. En esa posición sólo muestra la cara inferior de las alas y ya no parece una mariposa, sino una hoja seca. Pocos insectos cazadores la detectan, pues se mantiene ratos muy largos completamente tranquila.

orange and black, while in the female the stripes are yellow and black.

With this coloring, the Haitian mimic "passes" as another butterfly, also striped, which is regularly avoided by butterfly-eating birds because of its unpleasant taste. The Haitian mimic is not distasteful at all, and if a bird were to capture one, it could feed on it with pleasure. But, both being so similar, birds avoid the Haitian mimic too.

As soon as the Haitian mimic settles on a leaf, it folds its wings up against each other. In this position it only shows the lower side of its wings, and then doesn't look like a butterfly at all, but like a dry leaf. Few insect hunters are then able to spot it, since it remains dead-still for long periods, while resting.

La mariposa alas-de-hoja

Las alas de la mariposa dismorfia tienen cierta semejanza con una hoja seca, pero las de esta otra mariposa parecen ser la hoja misma. Ahora la semejanza es perfecta.

Las alas de esta mariposa imitan una hoja seca hasta el último detalle. Tienen el mismo color gris-marrón, las mismas manchas, la misma silueta, e incluso las mismas venas que una hoja pequeña. Tal parece que algún cirujano de insectos instaló dos hojas secas al cuerpo de una mariposa sin alas.

La mariposa alas-de-hoja vive en todas las Antillas Mayores, sobre todo en sitios cercanos a la costa. Vuela rapidísimo, pero no es tan difícil descubrir una, pues la cara superior de las alas es de un color anaranjado-rojizo muy brillante. Si la vigilas bien, podrás saber el sitio exacto donde se posó. Por suerte para ti, parte del truco de hacerse pasar por hoja seca es no mover ni las antenas. Gracias a esto te puedes luego acercar muy

While the wings of the Haitian mimic have the look of a dry leaf, those of this other butterfly seem to be the very leaf itself. The similarity is nearly perfect.

The wings of the troglodyte imitate a dry leaf to the last detail. They have the same brownish-gray color, the same spots, the same outline, and even the tiny veins of a small leaf. It seems that some insect-surgeon implanted a couple of dry leaves in the body of a wingless butterfly.

The troglodyte lives in all the Greater Antilles, especially in areas near the coast. This butterfly has a fast flight, but it is not hard to discover, since the upper side of the wings are brilliant orange-red. If watchful, you will find the exact spot where it landed. Luckily, part of the trick of "passing" as a dead leaf involves not moving even the antennae. Thanks to this, you can then approach the butterfly, and study it at close range.

The troglodyte sometimes perches upside down on dry twigs, and frequently just

despacio y estudiarla a poca distancia.

La mariposa alas-de-hoja a

stands on the ground. It rarely sips nectar from flowers, since it feeds mostly on the juices of

Guánica

3 cm / 1 in

veces se cuelga cabeza-abajo en ramas secas, y a menudo se posa sobre el suelo. Rara vez liba de las flores, pues se alimenta —como si utilizara un sorbeto— del jugo de los frutillos caídos al suelo o de la savia de los árboles.

fallen fruits, or on sap seeping from the trunk of trees.

La cucaracha aromática   AROMATIC COCKROACH

Las cucarachas que a veces andan por la casa son seres detestables. Lo mismo caminan por sitios muy sucios que por encima de nuestra comida,

The cockroaches found sometimes dashing through the house are scornful creatures. They walk on very filthy places as well as over our food,

Real Anón, Ponce

3 cm / 1 in

y así pueden trasmitir enfermedades. Por último, huelen requetemal.

Pero no por eso hay que culpar a todas las cucarachas. En Puerto Rico, por ejemplo, viven decenas de cucarachas diferentes, y la inmensa mayoría jamás tiene el menor interés en entrar a las casas.

Al igual que los insectos-palo o las mariposas, las cucarachas prefieren vivir en el bosque. Si caminas por un bosque durante el día quizás no veas una sola cucaracha. No es que no haya, sino que están todas bien escondidas y dur-

and can thus transmit diseases. Lastly, they have quite a bad smell.

But this is no reason to hate all cockroaches. Dozens of different kinds of cockroaches live in Puerto Rico, for example, and most of them never show the slightest interest in visiting our homes.

Just like the stick-insects or butterflies, cockroaches prefer to live in the woods. If you walk through a forest in the daytime, you probably won't spot a single cockroach; they are well hidden and asleep. At night, however, they are every-

miendo. De noche, sin embargo, las puedes encontrar dondequiera, lo mismo en el suelo que sobre el tronco de los árboles, o sobre los arbustos.

Las cucarachas son muy adaptables, pues comen casi cualquier cosa, lo mismo vegetal que animal. Y muchos animales se alimentan de ellas. Ésta que ves en la fotografía es, normalmente, un insecto limpio y sin olor. Cuando se siente amenazada, sin embargo, dispara nubecillas de una sustancia con olor a almendras. ¡Huele muy bien! Esa es su forma de defenderse, y si un coquí o un lagartijo la captura por error, la suelta al instante.

where: on the ground, on tree trunks, on bushes.

Cockroaches are very adaptable, since they feed on almost anything—plant or animal. And many animals feed on them. The cockroach you see here is, normally, a clean and odorless insect. When it feels threatened, however, it shoots out a mist of an almond-smelling substance with a very pleasant odor! It works well with predators: if mistakenly caught by a frog or a lizard, it will be immediately released.

Los abuelos de los abuelos del caracol de árboles parecen haber sido buenos navegantes. Viajaron por mar desde América del Sur, y no sólo llegaron hasta Puerto Rico: otras balsas con este tipo de caracol llegaron también a La Española, a Jamaica, a Cuba, y también a muchas islas de las Antillas Menores.

Una vez que lograron establecerse en cada isla, la evolución los hizo cambiar de forma, de costumbres, de tamaño y de color. Por eso hoy en cada una de las islas vive una especie de caracol de árboles diferente.

El caracol de árboles de Puerto Rico es de concha muy achatada. Abunda en los bosques de mucha humedad, donde podemos verlo movién-

Humacao   5 cm / 2 in

The grandparents of the grandparents of the true caracollus snail seem to have been great sailors. They traveled by sea from South America, and not only reached Puerto Rico, but also Hispaniola, Jamaica, Cuba and many other Lesser Antillean islands.

As they settled on each island, evolution changed their form, habits, size and color. That is why today each island is home to a different species of caracollus snail.

The true caracollus snail has a very depressed shell. It is common in humid forests, where it can be found sliding slowly over the bark of trees. On a hot, sunny day, it hides in cracks or under the bark, and then quite a few can be found sleeping together. It gen-

dose despacio por sobre la corteza de los árboles. Si el día es soleado se esconde en grietas o debajo de la corteza, y entonces pueden verse muchos de ellos durmiendo juntos. Se alimenta generalmente de noche, de hongos y algas.

En la punta de las largas antenas tiene los ojos, que son pequeños y sencillos; apenas le sirven para distinguir la luz de la oscuridad. Cuando se ve en peligro, se esconde dentro de la concha.

erally feeds at night on fungi and algae.

At the tip of each antenna, the true caracollus snail has a small and simple eye, barely good enough to tell light from dark. When the animal senses some danger, it hides deep into the shell.

El caracol verde

Este es, sin duda, el molusco más extraño de todas las Antillas, y sólo vive en Puerto Rico. Sólo se le encuentra en las cimas de las montañas más altas.

Es especial, en primer lugar, porque durante su evolución perdió la mayor parte de la concha que tenían sus bisabuelos. De ella le queda solamente una chapa pequeña, de color verde, medio encajada en la piel. En segundo lugar, mientras que casi todos los moluscos tienen el cuerpo de color marrón o negro, el de éste es de color verdoso.

Se sabe que los abuelos del caracol verde llegaron a Puerto Rico hace millones de años. Vinieron desde la América del Sur, pues en ese continente aún viven especies hermanas que también tienen la concha muy pequeña. Como estos animales no pueden nadar ni volar, suponemos que hayan navegado hasta acá sobre balsas naturales.

Para poder arrastrarse, el caracol verde necesita mucha humedad. Así se mueve mejor por sobre las ramas y hojas.

Without a doubt this is the strangest mollusk in all the Antillean islands, and it lives only in Puerto Rico. It is only to be found at the peaks of the highest mountains.

It is so special, first of all, because, as it evolved, most of the shell like the one their grandparents carried, was lost. What remains of it is a small, ear-like, green slab half-wedged under the skin. Secondly, while most snails have a brownish to black body, this one is greenish.

We know that the grandparents of the green ear snail arrived at Puerto Rico millions of years ago. They came from South America, where sister snails with an equally reduced shell still live. Since these animals cannot fly nor swim, it is fair to guess that they sailed across on natural rafts.

In order to slide forward, the green ear snail requires a lot of humidity. Then it can move better over branches and leaves. That's why we don't see it during the day, unless it rains. Since the night is usually humid, they feed in the dark.

El Yunque   5 cm / 2 in

Por eso no lo vemos activo
durante el día, a no ser que
esté lloviendo. Como la noche
es siempre muy húmeda, ellos
se alimentan a oscuras.

El coquí es la rana más conocida de Puerto Rico, y también la más querida. Esta rana debería estar muy orgu-

The coquí is the best known and most popular frog in Puerto Rico. This little amphibian should be very proud of

Real Anón, Ponce   3 cm / 1 in

llosa, pues ha logrado una fama tremenda sin ser grande, y sin tener colores vistosos. Ha logrado su fama cantando su co-quí en el jardín de cada casa, en cada ventana, en cada portal.

En las demás tierras caribeñas viven otras muchas ranas que son hermanas del coquí. En Puerto Rico, por ejemplo, hay 16 de estos

itself, since it has gained such fame without being large, and without being colorful. It has earned the fame singing its "co-quí" in every garden, on every window, on every porch.

Sisters of the coquí live in every Caribbean territory. In Puerto Rico, for example, there are sixteen of these little frogs. The male of each species has its own voice, although in

anfibios. El macho de cada especie tiene su propia voz, aunque en Cuba, La Española e Islas Vírgenes hay otros coquíes que también llaman a las hembras con una voz muy parecida a la del querido coquí boriqueño.

Se podría decir que los coquíes son los lagartijos de la noche, pues se alimentan también de insectos. Los ojos grandes les permiten ver con la luz de las estrellas, y con los cantos atraen a sus novias en plena noche.

El *coquí* hembra no pone los huevos en el agua, sino sobre la tierra, en lugares húmedos. Estos huevos tardan unas tres semanas en desarrollar, y las ranitas recién nacidas son como puntitos oscuros saltarines: del tamaño de esta O. Crecen muy rápido, y ya al año serán adultas.

Cuba, Hispaniola and the Virgin Islands there are froglets that also call-in the female with a voice similar to the well-known Puerto Rican coquí.

We could say that the crowd of coquí-like frogs— since they all feed on insects— are the lizards of the night. Their large eyes allow seeing in starlight, and with their songs the males attract their mates through the darkness.

The female coquí doesn't lay her eggs in the water, but on land, in humid places. The eggs take about three weeks to develop, and the newborn are like jumping little dots: about the size of this letter O. They grow quickly, and within a year will turn into adults.

El sapo marino

El sapo marino no vive en el mar, ni tampoco es un animal boriqueño. Su patria es América del Sur. De allí se exportó a Puerto Rico y a muchas otras regiones del mundo, siempre con muy buenas intenciones y muy malos resultados.

Se le trajo a Puerto Rico hace unos ochenta años. La idea era que el sapo —por ser del largo de tu pie y muy voraz— eliminara una plaga de insectos que sufrían los campos de caña de azúcar. Pero en vez de restar un problema, se añadió otro. Las insectos siguieron en los cañaverales, y los sapos se dispersaron por toda la isla. Se instaló aquí, al parecer para siempre.

El sapo marino es una criatura formidable. Soporta más calor que ningún otro anfibio; es capaz de consumir materia vegetal, carroña y hasta alimento para perros; y la hembra pone, de un golpe, nada menos que 30.000 huevos.

Aunque tiene la piel muy áspera, resulta simpático. Agradan su inmovilidad como

This toad is not a marine animal, and it is not Puerto Rican either. It is native to South America. From there it was brought to Puerto Rico and to many other places, always with the best of intentions and the worst results.

It was introduced to Puerto Rico some eighty years back. The idea was for the marine toad—being the length of your foot, and quite voracious—to eliminate insects that plagued the sugar cane fields. But, instead of solving a problem, another one was added. The insects remained in the fields, and the toads spread over the whole island. It took hold here, apparently forever.

The marine toad is a formidable animal. It tolerates more heat than any other amphibian; is capable of feeding on vegetable matter, carrion and even dog food; and the female lays, in a single batch, no less than 30,000 eggs.

Even with its coarse skin, it is somehow friendly. The statue-like stillness, and the serious expression of its face have a strange charm. But it

de estatua, y la seria expresión de su cara. Pero fue un error traerlo a esta isla, pues

was a mistake to transport the animal to this island, since it feeds on the native animals.

Real Anón, Ponce   12 cm / 5 in

devora a muchos animales boriqueños. Peor aun es el hecho de que, al ser atacado por un culebrón, segrega por la piel un veneno que puede matar a la serpiente. El culebrón es hoy día muy raro, y parte de la culpa la tiene el sapo marino.

Worse still is the fact that, when attacked by a Puerto Rican boa, it gives off a poison that can kill the snake. The Puerto Rican boa is today quite rare, and part of the reason is the toad.

El lagartijo de Ponce

PONCE ANOLE

Guánica   10 cm / 4 in

Cada isla cari-
beña tiene lagarti-
jos diferentes. En
las islas más pe-
queñas viven apenas
uno o dos tipos de
lagartijos. Las islas
grandes, en cambio,
son casa de decenas
de lagartijos dife-
rentes. En Puerto
Rico viven once
especies.

Al igual que
ocurre con los cara-
coles, los lagartijos
de las Antillas son
nie-tos de los nietos
de lagartijos que
navegaron desde los
continentes ameri-
canos. Algunos viven
dispersos por toda
su isla, aunque ésta
sea grande. Otros
lagartijos, como éste, sólo
pueden vivir en ciertas
regiones.

El lagartijo de Ponce es
delgado, y muy pero muy veloz.
Habita la región costera sur
de Puerto Rico, donde el aire
es muy seco y hace bastante
calor. Allí es donde él se

*Different anoles dwell on
each Caribbean island. On
the smaller islands there are
but one or two kinds of these
lizards. The larger islands,
on the other hand, are home
to tens of anole species
each. Eleven of them live in
Puerto Rico.*

siente feliz.

Lo puedes encontrar sobre los arbustos, donde caza todo tipo de insectos pequeños. Se puede distinguir el macho porque tiene en la garganta un pliegue de piel amarillenta —la gaita— que muestra cuando quiere decir "Éste soy yo". Cuando se siente amenazado salta de rama en rama con una agilidad tremenda, y desaparece de la vista en un instante.

As happens with the snails, the Antillean anoles are grandsons of grandsons of lizards that sailed from the American continents. Some are scattered throughout their island, no matter how big. Others, like this one, only live in certain regions.

The Ponce anole is slim, and very swift. It lives in the southern coastal region of Puerto Rico, where the air is dry and hot. That's where he feels happy.

You can find this anole on bushes, from which it dashes out to catch all sorts of insects. The male conceals a flap of yellowish skin under the throat —the dewlap—that he shows whenever he wants to say "This is me." When he feels threatened, he jumps from one branch to another with lightning speed, and disappears in an instant.

El lagartijo gigante   PUERTO RICAN GIANT ANOLE

En las tierras continentales de América todos los lagartijos son más bien pequeños. Tienen la talla del de Ponce, o la del lagartijo que ves a diario en el jardín de tu propia casa.

En cada una de las Antillas Mayores, sin embargo, viven lagartijos gigantes. Los abuelos de sus abuelos, que llegaron a estas islas hace millones de años, eran de tamaño normal. Pero luego se convirtieron en gigantes. Otros lagartos —e insectos, aves, ranas—, también se han convertido en gigantes después de vivir en islas.

Este lagartijo de la fotografía vive sólo en Puerto Rico. Pasa la mayor parte del día en lo alto de los árboles, y como es verde, resulta difícil descubrir uno. Si buscas bien, sin embargo, puedes tener la suerte de encontrar alguno.

El lagartijo gigante es tan largo como tu brazo y se alimenta lo mismo de saltamontes, cucarachas y orugas de mariposas, como de caracoles, ranas y lagartijos más pequeños. Sólo baja al suelo

On American continental lands the anoles are rather small. They are the size of the Ponce anole, or the size of the brown anole you commonly see in your garden.

On each of the Greater Antillean islands, however, live giant anoles. The grandparents of their grandparents, which arrived to these islands millions of years back, were of normal size. But they later turned giants. Other lizards—and insects, birds, frogs—have also turned gigantic after living on an island.

The Puerto Rican giant anole shown in this photograph lives only in Puerto Rico. It spends most of the day high up in the trees and, being green, is very hard to spot. If you look carefully, though, you might be lucky enough to find one.

This lizard is as long as your arm and feeds on grasshoppers, cockroaches, caterpillars, snails, frogs and smaller-sized anoles. Only the female comes down to the ground, to lay her eggs.

Unlike the Ponce anole, both male and female of the Puerto

Real Anón, Ponce   30 cm / 12 in

para poner sus huevos.

A diferencia del de Ponce, tanto los machos como las hembras del lagartijo gigante tienen en la garganta un gran pliegue de piel —la gaita—, de color amarillo.

Rican giant anole have a huge yellow dewlap.

La salamanquita común PUERTO RICAN SPHAERO

Cada isla antillana también tiene sus propias especies de salamanquitas. En Puerto Rico hay nueve de ellas, que no

Every Antillean island also has its own kinds of these little lizards. Puerto Rico holds nine different sphaeros, and most

Maricao

4 cm / 2 in

viven en ningún otro lugar del mundo.

La salamanquita común está entre los lagartos más pequeños del planeta. El adulto tiene apenas cuatro centímetros de longitud, incluída la cola. Los recién nacidos son tan, pero tan pequeñitos que aun viéndolos es difícil creer que sean de verdad, y que

of them live nowhere else.

The Puerto Rican sphaero is one of the smallest lizards in the world. The adult is about one-and-a-half inches long, tail included. The newborn are so very small that even looking at them with your own eyes, you can't believe they are real and alive. They are the miniature of the miniature.

estén vivos. Son la miniatura de la miniatura.

Si tenemos en cuenta el tamaño y la coloración oscura, se entiende por qué es raro ver una de estas criaturas. Para colmo, se mueven con una agilidad tremenda, y desaparecen de la vista al instante.

La salamanquita común vive en la isla de Puerto Rico y también en otras islas pequeñas muy cercanas, como Vieques, Culebra e Islas Vírgenes. Habita el colchón de hojarasca que hay en el suelo de los bosques. Y es en ese ambiente húmedo y oscuro, donde caza insectos muy pequeños, donde pone sus huevos, y donde trata de no ser devorada por un ciempiés gigante, por una araña peluda o por una culebra.

After considering its size and darkish coloring, one understands why the Puerto Rican sphaero is rarely spotted in the field. Adding to the problem is its liveliness, and its ability to zoom out of sight in a flash.

This sphaero lives not only in Puerto Rico, but also on other nearby small islands, like Vieques, Culebra and the Virgin Islands. It lives on the cushion of leaf litter that carpets the forests. And it is in this very humid environment that it hunts tiny insects, that it lays eggs, and that it tries not to be caught by a giant centipede, a bird-eating spider or a Puerto Rican racer.

La iguana de Mona

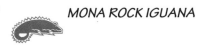

La iguana de Mona es un lagarto muy grande, pero por completo inofensivo. El macho adulto puede alcanzar un metro de longitud; la hembra es un poco menor.

Aunque robusta y pesada, la iguana de Mona puede correr por sobre las rocas de la costa con envidiable rapidez, y también es capaz de nadar y bucear. La iguana no reconoce a los cactos como elementos que debe evitar, y sube a ellos sin cuidado. La dura piel al parecer la hace insensible a las espinas, al punto de poder echar siestas sobre las más puntiagudas.

A la iguana de Mona le gusta el calor. Cuando sale el sol, ella se coloca en buena posición para calentarse con sus rayos. Luego, busca los frutos y hojas que más le gusta comer. Al mediodía, cuando el calor del sol es muy intenso, busca una sombra para descansar.

Si te fijas bien en la fotografía, verás una mosca posada en el borde del ojo de la iguana. La mosca se está alimentando de los jugos que

This is a very large lizard, and an entirely harmless one. The adult male may reach a length of more than three feet; the female is slightly smaller.

Although robust and heavy, the Mona rock iguana can run over the coastal rocks with enviable speed, and is also capable of swimming and diving. The iguana does not consider cacti as elements to avoid, and goes over them unconcerned. The hard skin apparently makes the iguana insensitive to spines, to the extreme of being able to take naps while lying over them.

The Mona rock iguana likes heat. When the daylight comes, the iguana first warms up placing one side towards the sun's rays. After sunning, the iguana searches for its favorite leaves and fruits. At midday, when the heat from the sun is just too much, the iguana takes a rest in the shade.

If you take a careful look at this photograph, you will find a fly sitting on the edge of the iguana's eye. The fly is feeding on the juices of the eye, and

Isla de La Mona   120 cm / 48 in

hay ahí, ¡y a la iguana esto no parece molestarle en absoluto!

this doesn't seem to bother the iguana at all!

La culebra de Puerto Rico PUERTO RICAN RACER

La culebra de Puerto Rico alcanza un metro de longitud, vive por toda la isla, y caza

The Puerto Rican racer reaches a length of about three feet, lives over the entire

Real Anón, Ponce   100 cm / 36 in

durante el día. Es una serpiente bastante activa, que para alimentarse persigue lagartos y ranas.

Nunca debes molestar, arrinconar, ni tratar de agarrar una culebra. Ella al parecer vive bajo la regla de "si me molestas, te morderé", y no demora en cumplirla. Lo peor

island, and hunts during the daytime. It is an active snake that, in order to feed, chases lizards and frogs.

You should never disturb or try to corner this snake, and much less try to grab one. The Puerto Rican racer apparently lives under the rule: "If you bother me, I'll bite you," and

es que, con la mordida, suelta un poco de veneno.

El veneno que produce la culebra de Puerto Rico es débil. A la mayoría de las personas no les causa el menor dolor, ni fiebre, ni nada. Por lo general uno ni se entera de que ha sido mordido por una serpiente venenosa. Pero algunas personas son muy sensibles a la toxina de la culebra, y al ser mordidas han requerido tratamiento médico.

A pesar de todo, cuando veas una culebra, no huyas. Ni siquiera si estás sentado al pie de un árbol y por casualidad se dirige hacia ti. Mientras no la molestes, jamás te morderá, ni te hará daño alguno.

is quick to honor it. The worst is that with the bite comes a little venom.

The venom produced by the Puerto Rican racer is weak. To most people the effect is zero: no pain, no fever, no nothing. As a rule, the person doesn't have a clue of having been bitten by a venomous snake. But some of us are very sensitive to the racer's venom and, as a result of a bite, can require medical care

In spite of all this, if you ever spot a racer, don't run. Not even if you are sitting under a tree, and the snake by chance is moving toward you. As long as you don't bother it, the racer will never bite you, or do any harm.

La culebra ciega

 BLINDSNAKE

Pocas personas conocen a la culebra ciega. Esto se debe a que frecuentamos sitios completamente distintos. Aunque compartimos con ella la misma isla, nunca se cruza en nuestro camino.

La culebra ciega vive bajo tierra, al igual que las lombrices. Como ahí abajo no llega la luz del sol, de nada serviría un par de ojos. Por eso es ciega, o casi ciega. Hace muchos millones de años sus ancestros aprovecharon las ventajas de la vida subterránea, y al adaptarse a ella los ojos se le hicieron más y más pequeños, y más rudimentarios.

De los ojos hoy le quedan sólo un par de puntos negros, que apenas le sirven para distinguir la luz y la oscuridad. Supongo que, para la culebra ciega, *luz* significa "malo, cavar más", mientras que *oscuridad* quiere decir, simplemente, "muy bien".

Para resbalar sin esfuerzo por entre la tierra, la culebra ciega tiene la piel y la cabeza muy lisas, sin crestas ni hendiduras. Se alimenta de insec-

Few people know the blindsnake. The reason is that we spend our days in completely different places. Although we share the same island, our paths never cross.

The blindsnake lives under the ground, just like the earthworms. And since there is no sunlight there, eyes would be quite useless. That's why it is blind, or nearly blind. Many million years back its ancestors found advantages in living under the soil, and as they adapted, their eyes turned smaller and smaller, more rudimentary.

Today only a pair of dark spots remain, barely good enough to discern light from dark. Trying to think like a blindsnake, I would guess that for them light means "bad, go deeper;" while dark means simply "okay."

In order to slide effortlessly through the soil, the blindsnake has very smooth skin and and a smooth head, without any crest or furrow. It feeds on small insects, like ants and termites, which are tracked down by their odor.

Cambalache   15 cm / 6 in

tos muy pequeños, como
hormigas y comejenes, que
encuentra mediante el olfato.

El martinete

GREEN HERON

El martinete es uno de los diez tipos de garza que puedes encontrar en Puerto Rico, siempre cerca del agua. Todas son esbeltas, y viven también en las demás islas antillanas y en América del Norte, Central y del Sur.

De tan flaco y huesudo, el martinete parece estar enfermo; pero está muy salu-dable. Las patas largas le permiten vadear, es decir caminar

Río Inabón, Ponce   40 cm / 16 in

por donde el agua es poco profunda. Lo mismo puede pescar metido dentro del agua que desde la orilla, posado sobre alguna rama baja.

A veces el martinete permanece largo rato en posición de alerta, sin siquiera parpadear. Mantiene entonces el cuello recogido como una S, hasta que algún pececillo se acerca lo suficiente. Entonces estira el cuello de repente, y agarra la presa con el larguísi-

This is one of ten kinds of herons found in Puerto Rico, always near water. All lean and slender, they also live on the other Antillean islands, and in North, Central and South America.

Looking so slim and fragile, the green heron appears to be ill, but is quite healthy. The long legs allow it to wade, meaning to walk in shallow water. It can hunt either from the water, or from a low branch at the water's edge.

At times the green heron can "freeze" in an alert position for long periods without even blinking. It then keeps its neck cocked into an "S," until a small fish dares to swim close enough. Then the neck is quickly unfolded, and the prey is grabbed with its very long bill. In the same manner, the heron captures shrimp and aquatic insects.

mo pico. De igual manera captura camarones e insectos acuáticos.

El martinete anida sobre los árboles, casi siempre cerca del agua. Su nido es algo desordenado y en él coloca dos o tres huevos preciosos, de color azul verdoso.

The green heron nests on trees, usually near the water. The nest is somewhat messy, and in it two or three eggs are laid of a gorgeous greenish blue color.

El canario de mangle

El canario amarillo, blanco o anaranjado y de tan bello canto que a menudo has visto en jaulas no es boriqueño. Proviene de varias islas que están muy lejos, cerca de África, y que, precisamente, se llaman Islas Canarias.

Este pajarillo que ves en la fotografía sí es puertorriqueño. Por ser amarillo y excelente cantor, y también por ser común en los manglares, se le conoce como canario de mangle. A diferencia de los canarios de Islas Canarias, que comen sólo semillas, éste se alimenta de insectos.

El canario de mangle es hermano de otras treinta especies de pájaros pequeños boriqueños, las reinitas. Muchas reinitas vienen a Puerto Rico sólo de visita, durante el invierno, para escapar del frío del continente norteamericano. Luego regresan a Estados Unidos y Canadá para allí anidar y criar a sus pichones.

El canario de mangle, sin embargo, jamás migra. Por lo general pasa la vida entera

The little, yellow, warbling birds you often see in cages—canaries—are not Puerto Rican. They were brought from islands close to Africa, that are called, precisely, the Canary Islands.

But the little bird you see in this photograph is Puerto Rican. Because of being yellow, an excellent songster, and because of being common among mangroves, it is locally called mangrove canary. Unlike the real canaries, which are seed-eaters, this one feeds on insects.

The yellow warbler is kin to thirty other kinds of warblers known to be from Puerto Rico. Most of these birds show up on the island only as visitors to escape the North American cold during the winter. They later return to the US and Canada, where they nest and raise their young.

The yellow warbler, however, never migrates. As a rule it spends its whole life near the place where it was born. Since it is, though, capable of flying longer distances, the species is also found on every other

cerca del mismo lugar donde nació. Como que es capaz de volar grandes distancias

Antillean island, in the southern US and in the northern parts of South America.

Cabo Rojo   12 cm / 5 in

sobre el mar, habita las demás islas antillanas, el sur de los Estados Unidos y el norte del continente suramericano.

El zumbadorcito   PUERTO RICAN EMERALD

Tener colibríes es un privilegio de América. Dispersos por sus tierras, desde Alaska

Having hummingbirds is an American privilege. Scattered throughout the land, from

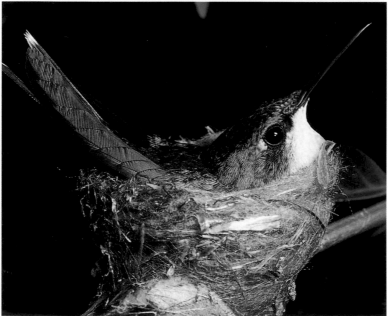

Real Anón, Ponce   9 cm / 4 in

hasta la Patagonia, viven más de trescientos colibríes diferentes. Todos son diminutos, y de colores y brillos propios de las joyas. Fuera de América no hay uno solo.

En Puerto Rico hay cinco colibríes diferentes, dos de los cuales no habitan ninguna otra tierra. Uno es el zumbadorcito, una esmeralda con alas y pico. Al igual que los demás

Alaska to Patagonia, live over 300 kinds of these wonderbirds. All are tiny, and with the hues and brilliance of jewels. Not a single one lives out of the Americas.

Puerto Rico has five different kinds of hummingbirds, two of which are to be found nowhere else. One is the emerald, a precious gemlike bird. As do other hummingbirds, the

colibríes, el zumbadorcito se alimenta de néctar, que chupa de las flores. También captura arañas e insectos de cuerpo blando, sobre todo cuando tiene que dar de comer a sus pichones.

El zumbadorcito es mucho más pequeño que un martinete, y un poco más pequeño que una reinita común. Debido a su tamaño, y por ser solitario, no es fácil encontrar uno. Pero habita toda la isla, desde los bosques de montaña hasta la misma orilla del mar, y si te detienes frente a un grupo de flores, puede que descubras alguno.

El macho y la hembra del zumbadorcito son algo distintos. Él es verde por completo, pero ella tiene toda la mitad ventral de color blanco. El pajarillo que ves en la fotografía es una hembra, que da calor a sus dos minúsculos huevecillos.

emerald feeds by sipping nectar from flowers. It also captures spiders and soft-bodied insects, especially when it has to feed the chicks.

The Puerto Rican emerald is much smaller than the green heron, and a little smaller than the yellow warbler. Due to its size and being solitary, it is not easy to spot. But it lives throughout the island, from high mountain forests to the very edge of the sea, and, if you stop by a group of flowers, there are good chances of discovering one.

The male and female emerald are somewhat different. He is entirely green, while she has white lower parts. The bird you see in the photograph is a female, warming her two minuscule eggs.

El murciélago coludo

Pretender acariciar un murciélago es como querer acariciar una serpiente cascabel. Es casi una locura, pues mordería al instante. No hay animales malos; pero éstos dos saben defender con firmeza su deseo de vivir en paz.

A la mayoría de las personas les parecen feos los murciélagos. Hay quienes creen que son demasiado feos, e incluso horribles. Pero lo que ocurre es que son muy distintos a nosotros los humanos, y para nosotros todo lo extraño resulta, al principio, un poco sospechoso.

El murciélago coludo lleva una vida diferente de la nuestra. Él caza insectos de noche, al vuelo, y "los ve" con los oídos. Luego, para que no lo molesten, duerme colgado patas arriba del techo de una cueva. Todas sus rarezas son, en realidad, adaptaciones para vivir su propia vida; una vida que debemos respetar.

Si consideras lo anterior, comprenderás su falta de colorido, sus alas de piel, sus ojos diminutos y sus orejas

To try to caress a bat is like trying to fondle a rattlesnake. It is a crazy idea, since the animals will immediately bite. No animal is bad, but these two know how to firmly defend their right to live in peace.

Most people think bats are ugly. Some even believe they are way too ugly, or rather horrible. But it just happens that bats are very different from us humans, and for us everything bizarre is, basically, a little suspicious.

The free-tailed bat leads a life quite different from ours. It hunts at night, on the wing, and "sees" with its ears. Later, not to be bothered, it sleeps upside down hanging from the ceiling of a cave. All its oddities, though, are actually adaptations for its way of life—a life deserving of respect.

If you think about a bat, you will understand its lack of color, its wings made of skin, its tiny eyes, and its enormous ears. If, moreover, you consider that each night the free-tailed bat devours dozens of the most abundant insects—and that it is a good mother or a good

inmensas. Si, además, tienes en cuenta que devora cada

father—then you may begin to appreciate it.

Real Anón, Ponce   5 cm / 2 in

noche varias decenas de los insectos más abundantes —y que es un buen papá o una buena mamá—, lo empezarás a apreciar.

Pero ten presente, siempre, ¡que no se le puede tocar!

But do keep in mind, always, that it is not to be touched!

Bosques de Coral

Algunos animales viven tanto en la tierra como en el océano. Aunque terrestres, el juey y el cobo ponen sus huevos en el mar. Sus larvas, de aspecto muy extraño, nacen en el agua de mar y durante muchos días se alimentan mientras nadan. Así crecen hasta transformarse —como por magia— en miniaturas de jueyes y cobos que luego regresan a la tierra para convertirse en adultos.

Hay tortugas que hacen lo contrario: pasan casi toda su vida en el mar, pero salen a tierra para poner sus huevos. Así ocurre con la tortuga verde, el tinglar y el carey. Las hembras salen a una playa, cavan un agujero en la arena, y entierran los huevos. Unas siete semanas después nacen las tortuguitas, que salen solas a la superficie y enseguida corren hacia el mar.

Muchas aves, como las gaviotas y la tijereta, pasan el día volando, pero comen siempre en el mar. Por eso las vemos lanzarse contra el agua para tratar de capturar pececillos pequeños. Los peces voladores, sin embargo, hacen lo contrario: pasan la vida entera bajo el agua, pero salen al aire —planeando como aviones— para huir de otros peces mayores.

Aunque sobre el fondo del océano viven cangrejos y moluscos parecidos a los que viven en tierra, la mayoría de los animales marinos son muy diferentes. En el mar que rodea a Puerto Rico no viven, por ejemplo, lagartos, ranas, ni serpientes; ni tampoco mariposas, arañas, ciempiés o milpiés. Pero hay muchísimos otros animales adaptados a pasar la vida entera sumergidos.

El océano es como una carretera anchísima, y por él los animales que viven en las costas de Puerto Rico se trasladan hasta las costas de otras islas vecinas. De igual manera, los que viven a la orilla de Barbados o de América del Sur a veces migran hasta Puerto Rico.

Cosa curiosa, los viajeros más expertos son los huevos y las larvas. Por ser muy pequeños, ellos flotan sin esfuerzo en el agua, y las corrientes los trasladan grandes distancias en distintas direcciones. De esa manera la larva de un carrucho o de un chapín puede viajar en varias semanas cientos de kilómetros. Algunas de las langostas que viven hoy en la costa boriqueña pudieron haber nacido en aguas de Martinica, de Venezuela, o hasta de Brasil. Por

CORAL JUNGLES

Some animals live both on land and in the ocean. Although terrestrial, the land crab and the land hermit crab lay their eggs in the sea. Their very weird-looking larvae hatch in the water and swim and feed for days and days. In time, they transform—as if by magic—into miniature land and hermit crabs, which later return to land to grow into adulthood.

Some turtles do the opposite: they spend almost their entire lives in the sea, but climb onto the shore to lay their eggs. That is what the green, hawksbill and leatherback turtles do. The females walk up a beach, dig a big hole in the sand, and bury their eggs. About seven weeks later the little ones are born, which push their way up to the surface and in no time scramble to the sea.

Many birds, like gulls and frigatebirds, spend the day on the wing, but always feed in the sea. That is why we see them diving against the surface after small fish. Flying fish, however, do the opposite: they spend their entire lives in the water, but become airborne— soaring like a glider—to escape from larger fish-eating fish.

Although crabs and mollusks living at the bottom of the sea are similar to those living on land, most marine animals are much different. In the waters surrounding Puerto Rico, for example, there are no lizards, frogs or snakes; nor are there butterflies, spiders, centipedes or millipedes. But there are many other animals adapted to spending their entire lives submerged.

The ocean is like a boundless highway, and through it animals that live on the coast of Puerto Rico travel to the coasts of neighboring islands. In the same manner, those that live in Barbados or South America sometimes migrate to the island of Puerto Rico.

Curiously, the expert travelers are the eggs and larvae. Being so small, they float effortlessly in the water, and are carried by sea currents in different directions. By such means, the larva of a queen conch or a trunkfish can travel a couple of hundred miles in just a few weeks. Some of the lobsters that live today in Puerto Rican coastal waters could have been born in the waters of Martinique, Venezuela, or even Brazil. This is the reason animals and plants living near the Puerto Rican shore also live along other Caribbean coasts.

Our body is adequate for walking, running and climbing trees, but

esta razón los animales y las plantas que viven en las aguas costeras de Puerto Rico son comunes a las orillas de las demás tierras caribeñas.

Nuestro cuerpo es adecuado para caminar, correr y subir a los árboles, pero no para nadar con facilidad. En el agua somos torpes: mucho más lentos que cualquier pez, calamar, tortuga o delfín. Por eso cuando queremos nadar a mayor velocidad nos ponemos en los pies unas chapaletas. Tampoco podemos respirar debajo del agua, a no ser que tengamos en la espalda un balón de aire comprimido. Por último, el agua nos roba del cuerpo demasiado calor, y por eso al cabo de algunas horas de diversión marina, el frío nos obliga a salir. Podemos pasar ratos muy agradables en el mar, pero no estamos adaptados a la vida submarina.

Si ya sabes nadar, un día puedes pedir ayuda a un adulto experto en bucear, ponerte una careta y echar una ojeada bajo el mar. Para respirar con comodidad te hará falta, también, colocarte en la boca un tubo de respirar o "snorkel". Si aún no sabes nadar, sería bueno que aprendieras. El mundo submarino alrededor de Puerto Rico es tan lindo como el de tierra firme, y nadie se lo debe perder.

Bajo el mar tendrás sorpresas por montones. Verás animales redondos como una pelota y también con forma de estrella, de abanico, de plato, de vaso, de alambre y hasta de flor. Los hay rapidísimos, muy lentos, y que jamás se mueven de lugar. Hay animales pintados como para actuar de payasos; y otros tan bien enmascarados que a veces les pasarás la vista por encima sin descubrirlos.

En las aguas que rodean a Puerto Rico viven muchos corales, que son animales pequeñísimos que viven en colonias y fabrican un esqueleto de pura piedra. En los lugares donde hay muchas colonias de coral se forman arrecifes, que son como bosques de piedra viva.

Los arrecifes parecen grandes ciudades. Además de los corales, en ellos viven otros animales sedentarios, como esponjas y gorgonias. El conjunto es una fiesta de color. Por si esto fuera poco, los habita una fantástica multitud de animales que sí son capaces de moverse de un lugar a otro: desde cangrejos y camarones hasta peces y pulpos. Ahora conocerás a algunos de ellos.

not for smooth, graceful swimming. In the water we are clumsy: much slower than any fish, squid, turtle or dolphin. That's why, when we want to travel faster, we put on a pair of flippers. Nor can we breathe underwater, unless we have a compressed-air tank on our back . Lastly, the water robs too much heat from our body, and after a few hours of marine fun, the sensation of coldness pushes us out. We can sure spend some very nice moments in the sea, but we are not adapted to living under the waves.

If you already know how to swim, you can ask an experienced adult for some help, slip on a face mask, and take a look under the sea. In order to breathe comfortably, you will also need to use a snorkel. If you don't yet know how to swim, you have something special to look forward to. The underwater world around Puerto Rico is as beautiful as the one on land, and no one should miss it.

Under the sea you will have a bunch of surprises. You will see animals as round as a ball, and also with the shape of stars, dishes, vases, wire and even flowers. There are sprinters and toddlers, and others that never move at all. There are animals dressed up like clowns; and some so well disguised that they go unseen.

Different corals—small animals that live in colonies and lay down a skeleton of pure rock—are found in the waters surrounding Puerto Rico. Wherever abundant coral colonies grow, reefs are formed, which are like forests of living rock.

Reefs are like large cities. In addition to the corals themselves, many other motionless animals, like sponges and gorgonians, live in the reefs. The gathering is a feast of color. To crown the bliss, they are inhabited by a fantastic crowd of animals quite capable of swirling from one place to another: from crabs and shrimp to fishes and octopi. Now you will meet some of them.

El gusano arbolito   CHRISTMAS TREE WORM

Por su aspecto, los gusanos o lombrices que viven en la tierra no llaman mucho la atención. La mayoría de los gusanos que viven en los arrecifes de coral, sin embargo, parecen estar disfrazados como para un carnaval.

Las estructuras tan bonitas que ves en esta fotografía son los tentáculos de un gusano muy común en los arrecifes de coral. No le puedes ver el cuerpo, pues está escondido en un túnel de la roca coralina y jamás lo enseña. A diferencia de la lombriz de tierra, este gusano no puede moverse para ningún lugar. Pasa su vida entera en el mismo sitio donde primero se instaló la larva.

Hay gusanos arbolitos con los tentáculos de diferentes colores: amarillo, anaranjado, rojo, blanco y hasta azuloso. Con ellos capturan organismos muy pequeños, microscópicos, de los cuales se alimentan.

A muchos peces del arrecife les gustaría comerse estos tentáculos. Por eso los gusanos arbolito los recogen

By their looks, the worms we find underground are not generally considered attractive. Most of the worms that live in coral reefs, however, seem dressed for a carnival.

The fancy structures you see in this photograph are the tentacles of a worm quite common around the coral reefs. You can't see the body; it is well hidden in a tunnel within the coral rock, and is never exposed. Unlike the earthworm, this one cannot move at all. It spends its entire life in the same spot where the larva originally settled.

There are Christmas tree worms with differently colored tentacles: yellow, orange, red, white and even bluish. With the tentacles, they capture very small, microscopic organisms, upon which they feed.

Many reef fishes would like to feed on those tentacles. But the Christmas tree worm retracts them into the tube at the slightest sign of danger with lightning speed. Just move your hand close to them and they will vanish.

3 cm / 1 in

hacia adentro del túnel en cuanto sienten el menor peligro; y lo hacen a la velocidad de un rayo. Desaparecen en cuanto les acercas tu mano.

El camarón payaso

Este camaroncillo no tiene valor comercial. En primer lugar, porque es muy pequeño; y en segundo lugar, porque nunca es abundante. Pero es lindísimo, y si sabemos

This little shrimp has no commercial value whatsoever. First, because it is way too tiny; and second, because it is never abundant. But it is beautiful and, if you know where to

3 cm / 1 in

dónde buscar, no es difícil descubrir uno.

Primero debemos encontrar una anémona gigante. Eso no es tan difícil, pues tiene cerca de cien tentáculos tan gruesos como tus dedos y tres veces más largos. Aunque parece una flor inmensa, de pétalos de color verde pálido, la anémona es un animal.

look, it is not that hard to find.

To begin with, you have to find a giant anemone. This isn't hard at all, since it has about 100 tentacles as thick as your fingers, and three times longer. Although it looks like a gigantic flower, of pale greenish petals, the anemone is an animal.

If then you approach the anemone closely, there is a

Si entonces nos acercamos mucho a la anémona, casi siempre descubriremos un camarón payaso. Puede que también lo encuentres en otros tipos de anémonas, pero jamás lo verás en otro lugar. Al parecer, este camarón no sabe vivir sin la compañía de una anémona.

Los tentáculos de la anémona tienen dardos cargados con un veneno poco potente, que no hace daño a las personas. Sirven, sin embargo, para paralizar las larvas de peces y los camaroncillos que se aventuran a hacer contacto con la anémona. Resulta curioso, pues, que el camarón payaso pase todo el tiempo caminando sobre los tentáculos de la anémona sin que su vida peligre. Él y la anémona son buenos amigos. Nadie sabe, sin embargo, qué ventajas tiene esta amistad para uno ni para el otro.

good chance of discovering a cleaning shrimp. You may find a cleaning shrimp on other kinds of anemones, but will never see one in any other place. This little shrimp apparently does not know how to live without the company of an anemone.

The tentacles of the anemone are covered with darts, which are loaded with a mild venom—one that means no harm to humans. The venom is good, though, for paralyzing the larvae of fishes and shrimp that venture into contact with the tentacles. It is strange, then, that the cleaning shrimp spends all its day placidly walking over the tentacles, with no harm. Shrimp and anemone are good friends. No one knows, however, what benefit such friendship has for one or the other.

El cangrejo flecha

El nombre de este cangrejo le viene porque, como ves, todo en él —las patas, las tenazas, y hasta el carapacho— es delgado como una flecha.

La flacura del cangrejo flecha no se debe a enfermedad, falta de apetito, ni mala alimentación. Quizás se deba a que, por llevar una existencia tan tranquila, no le hacen falta músculos más fuertes; o a que con tan poca carne, los peces ni se molestan en perseguirlos.

Aunque incapaz de correr, el cangrejo flecha es uno de los más comunes en la región caribeña. Se le puede encontrar tanto en los arrecifes de coral como entre las raíces de los mangles. Se han colectado algunos ejemplares a más de un kilómetro de profundidad, donde el agua es fría como la de la nevera, y la oscuridad es absoluta.

El cangrejo flecha casi siempre aparece cerca de alguna anémona, pero también se le puede encontrar al lado de esponjas y erizos de mar, o a la entrada de alguna grieta. No es raro encontrar a una

As you can see for yourself, the name of this crab comes from the fact that everything in him—legs, claws and even carapace—is as thin as an arrow.

The twigginess of the arrow crab is not due to disease, lack of appetite, or wrong food. Maybe it is due to the fact that, leading a very quiet life, no bigger muscles are needed; or because, with such a little amount of meat, fish do not bother to go after them.

Although incapable of running, the arrow crab is one of the most common crabs in the Caribbean region. It can be found in every coral reef, and also among the roots of mangroves. Some specimens have been collected almost a mile deep, where the water is as cold as that of the refrigerator, and darkness is absolute.

The arrow crab is commonly seen just beside an anemone, but is also found beside sponges and sea urchins, or at the entrance of crevices. It is not unusual that a whole family of them will be discovered—up to a half dozen or so—of the

familia completa —hasta seis o siete de ellos— de los más diversos tamaños. Con cuida-

most diverse sizes. With care, you can gently scoop them up in your hands and let them walk on you with no harm.

5 cm / 2 in

do, puedes ponerle tus manos a los lados, y acercárselas poco a poco. Verás cómo alguno se sube a ellas sin hacerte daño alguno.

La estrella de mar quebradiza   BRITTLESTAR

8 cm / 3 in

En las costas de Puerto Rico viven muchas especies de estrellas de mar quebradizas. Todas tienen cinco brazos largos y delgados, que se mueven como si fueran serpientes pequeñas. Las hay negras, rojas, verdes, anaranjadas, grises y castañas.

Las estrellas de mar quebradizas son de hábitos nocturnos y pasan el día escondidas. Para encontrar una hace falta voltear piedras pequeñas o medianas. Debajo de una misma piedra puede que descubras varias. Enseguida se empezarán a mover

Many different kinds of brittlestars live on the coast of Puerto Rico. They all have five long, thin arms, which sway like independent little snakes. They come in black, red, green, orange, gray and brown.

Brittlestars feed at night, and spend the day hidden. In order to find one, you have to overturn some small to medium-sized stones. Under a single stone you might discover several. They will quickly scramble in different directions in search of a new hideout.

Brittlestars feed on small

en distintas direcciones, en busca de un nuevo escondite.

Las estrellas de mar quebradizas se alimentan de organismos muy pequeños, que capturan con sus brazos y luego llevan a la boca. Aunque de dieta carnívora, son inofensivas: ni pican ni muerden.

Cualquiera de las estrellas de mar quebradizas puede ser invitada a subirse a una mano. Nunca deben ser agarradas por un brazo, porque harán lo mismo que el lagartijo con la cola: enseguida lo sueltan. Así ellas escapan de los depredadores. Luego el brazo le vuelve a crecer poco a poco. A veces se encuentran estrellas de mar quebradizas con un brazo más pequeño que los demás: son individuos que ya salvaron su vida una vez regalando al depredador un pedazo de su cuerpo.

animals that are captured and taken to their mouth with their arms. Although carnivores, they are entirely harmless: they cannot sting nor bite.

Any brittlestar can be invited to climb onto a hand. They should never, though, be grabbed by an arm, since they will follow the lizard's trick with the tail: they will drop it off immediately. That is their way of escaping from predators. The arm will later grow back slowly. Sometimes brittlestars are found with one or more arms smaller than the rest; they already saved their lives by giving-up a part of their body to a predator.

Aunque sin concha alguna, el pulpo es primo de los caracoles. Tiene hábitos nocturnos y pasa el día entero escondido en alguna grieta estrecha, fuera del alcance de los grandes peces carnívoros.

Al oscurecer, el pulpo sale de su guarida en busca de los cangrejos y caracoles que le sirven de alimento. Este curioso animal tiene dos formas de trasladarse. La primera es estirando hacia adelante algunas de sus ocho patas, que se agarran al fondo mediante unas ventosas. Luego, al contraer las patas, se desliza sobre el fondo.

La otra forma de moverse es —como la de los aviones y lanchas más modernos— mediante propulsión a chorro. El pulpo utiliza esta forma de nadar cuando quiere huir rápido. Al lanzar el chorro de agua expulsa también una nube de tinta negra, que confunde a quien le persigue.

Aún de cacería, el pulpo no es muy andador, y a veces pasa mucho rato sin moverse de sitio. Entonces es muy difícil descubrirlo, pues adopta el

Although lacking a shell, the octopus is cousin to the snails. It has nocturnal habits, and spends the day in some deep and narrow crack, away from the reach of large carnivorous fishes.

After dark, the octopus moves out of its dwelling and goes searching for crabs and snails, its regular food. This peculiar animal has two ways of traveling. The first is to stretch a few of its eight legs forward. These grab the substrate with the help of suckers. As the legs are later contracted, the animal slides over the bottom.

The other way of moving is—like the most modern airplanes and boats—by jet propulsion. The octopus uses this way of swimming when in a hurry to flee. At the same time that a stream of water is expelled, an amount of black ink-like substance is released that clouds the water, confusing the pursuer.

Even when hunting, the octopus is no great walker, and often spends a lot of time without moving. It is then quite dif-

mismo color del sitio que lo rodea, y hasta las mismas manchas. Puede ponerse de color arena, y en un parpadeo cambiar a azuloso, verdoso o anaranjado.

ficult to discover, since it takes on the same color as the surroundings, and even the same blotches. It can turn sand-colored and, in the blink of an eye, turn bluish, orange or greenish.

30 cm / 12 in

Pez ángel gris

FRENCH ANGELFISH

El pez ángel gris es típico de los arrecifes. Se alimenta de esponjas, y esto es sorprendente, pues cada tipo de esponja fabrica, para defenderse, su propio tipo de veneno.

Para no morir con esa dieta

The French angelfish is typical of the reefs. It eats mostly sponges, which is surprising since each kind of sponge produces, for its own defense, a peculiar type of venom.

To avoid dying from such a dangerous diet, the French

30 cm / 12 in

tan peligrosa, el pez ángel gris toma sólo unos pocos bocados de cada tipo de esponja; así ingiere sólo una pequeña cantidad de cada tipo de veneno. A fin de alimentarse bien, se ve obligado a ingerir bocados de muchas esponjas diferentes. Para su suerte, en el arrecife viven centenares de esponjas distintas.

Cuando es pequeño, el pez ángel gris resulta aún más llamativo. Su color es negro carbón con barras de un amarillo intenso. Las aletas inferiores son entonces de un azul muy brillante. Así atrae a los peces que sienten alguna picazón por tener sobre la piel algún parásito. Al acercarse uno de estos peces, el pez ángel le nada alrededor hasta localizar el parásito, que arranca de un bocado. Con esto se benefician ambos: el visitante se cura la picazón, mientras que el pez ángel obtiene alimento.

angelfish takes but a few bites from each kind of sponge; it therefore swallows only a small amount of each type of venom. To feed itself well, it needs to take small bites out of many different sponges. Luckily for this fish, the reefs abound with hundreds of different sponges.

When small, the French angelfish is still more colorful: coal black, with bright yellow bars. The lower fins are then of a very brilliant blue. With this outfit, it attracts larger fishes that feel some itch from having a parasite attached to its skin. When one of these fishes shows up, the tiny angelfish swims all around it until finding the parasite, then pries it off. This is of mutual benefit: the visitor gets rid of a source of irritation, while the angelfish earns a morsel.

El pargo amarillo

En el arrecife viven muchos peces carnívoros. Podría parecer que, para un pez, la vida en el arrecife es cosa muy arriesgada. Pero en realidad no lo es tanto. Hasta el pez más pequeño tiene colores, espinas o costumbres que le ofrecen protección. El arrecife, por otra parte, es un refugio inmenso, repleto de agujeros y cavernas adonde dirigirse en caso de peligro.

El pargo amarillo es un pez carnívoro tan largo como tu brazo, muy común en los arrecifes. Se alimenta de camarones, cangrejos, cocolías y ermitaños, que casi siempre traga enteros.

La inmensa mayoría de los peces que viven en los arrecifes de coral se reproducen mediante huevos. El pargo amarillo hembra produce cerca de ¡medio millón de huevos!, que, cuando ya están maduros, lanza al agua. Los huevos son muy pequeños, como del tamaño de la cabeza de un alfiler. Algunas horas más tarde, del huevo nace una larva transparente, con ojos enormes, de aspecto muy

Many carnivorous fish live on the reef. It would seem that, for a fish, life on the reef would be very risky. But actually it is not so tough. Even the smallest fish has colors, spines or habits that offer protection. The very reef, on the other hand, is a magnificent sanctuary, filled with crags and caverns where schoolmasters can hide in case of danger.

The schoolmaster is a carnivore as long as your arm, and a common one on the reef. It feeds on shrimp; and bottom-, swimming-, and hermit-crabs, which are usually swallowed whole.

Most of the fishes living on the reef reproduce by laying eggs. The female schoolmaster produces about half a million eggs that, when fully mature, are released into the water. The eggs are very small, about the size of a pin head. Some hours later, a transparent larva with enormous eyes is born that looks entirely different from its parents. Afterwards, when the larva develops into a juvenile (about the size of a penny), it lives near

35 cm / 14 in

diferente al de sus padres. Luego, cuando se transforma en juvenil (como del tamaño de una moneda de un centavo), vive cerca de la orilla. A estos juveniles lo mismo se les puede encontrar en una playa que entre las raíces de un manglar.

the coast. These young ones are common both on beaches and under the roots of man-groves.

¡Puerto Rico está viva!

La vida tiñe a Puerto Rico casi por completo de verde...la salpica con los tintes del resto del arco iris...y la hace divertida y agradable. Sin vida, la isla no sería sino un puerto pobre.

Puerto Rico no está aislada. Los bosques mantienen con la atmósfera un intenso intercambio; cada día se regalan agua, calor, oxígeno. Los bosques no podrían vivir sin la luz del sol, sin el oxígeno del aire, ni tampoco sin la lluvia que traen las nubes. Las nubes, a su vez, toman agua de la superficie del mar, que luego es devuelta al océano por los ríos. Más aun, hay hongos, plantas y animales que cada año nadan o vuelan desde una isla a otra.

A veces oímos decir que los humanos tenemos corazón, estómago y cabeza. Pero nadie puede vivir sin corazón, sin estómago, o sin cabeza. Sin estas "piezas" no sólo nos pondríamos tristes, sino que ya no seríamos nosotros mismos. Ni siquiera seríamos. El corazón, el estómago y la cabeza están todos unidos en nuestro interior y son —junto con el hígado, los huesos y todo lo demás—, inseparables de nosotros mismos.

También se acostumbra hablar de los animales y de los bosques como si fueran cosas distintas. Pero los animales no pueden vivir sin las plantas; ni las plantas sin los animales. La mariposa malaquita, el guabá y el murciélago coludo no sólo viven en los bosques, sino que son una extensión de ellos. Los humanos, de la misma manera, no sólo vivimos en la isla, sino que somos inseparables de ella.

Puerto Rico entera es boscosa, y ser boriqueño es sentirse hermana o hermano de los bosques. Ser boriqueño es también, por tanto, sentirse hermana o hermano de las arañas, de los coquíes, de las salamanquitas y de los gongolíes que desde hace tanto tiempo forman parte inseparable de este ambiente maravilloso. Ser puertorriqueño es sentirse isla. Esta isla.

PUERTO RICO IS ALIVE!

Life tints Puerto Rico almost completely green . . . sprinkles it with the remaining hues of the rainbow . . . and makes it fun and alluring. Without life, the island would be a sad place.

Puerto Rico is not isolated. The forests keep up an intense exchange with the atmosphere; each passing day they offer each other water, heat, oxygen. The forests could not live without the light coming form the sun, without the oxygen from the air, nor without the rain brought by the clouds. The clouds, on the other hand, take water from the surface of the sea, which is later returned to the ocean by the rivers. Furthermore, fungi, plants, and animals each year swim or fly from one island to another.

We sometimes hear that we humans have a heart, a stomach, a head. But no one can live without the heart, the stomach or the head. Without these "parts" we would not only turn sad, but wouldn't be ourselves anymore. We wouldn't even be. The heart, the stomach and the head are all connected inside of us and are—along with the liver, our bones, and everything else—inseparable from ourselves.

There is also the habit of speaking of animals and forests as if they were different things. But the animals cannot live without the plants; nor the plants without the animals. The malachite butterfly, the tailless whip scorpion, and the free-tailed bat not only live in the forests, but are an extension of them. We humans, equally, not only live on the island, but are inseparable from it.

Puerto Rico is a floral island, and to be Puerto Rican is to feel yourself brother or sister of the forests. To be Puerto Rican is also, therefore, to feel yourself brother or sister of the spiders, the coquís, the sphaeros, and the millipedes that for such a long time have been inseparable from this wonderful place. To be Puerto Rican is to feel like an island. This island.

Agradecimientos

ACKNOWLEDGMENTS

Las siguientes personas apoyaron, socorrieron o alimentaron el desarrollo de este libro: Coloma Araújo, Carmen I. Asencio, Conrado Calzada, Alfonso Carrero, Eva N. Dávila, Juan José González, Víctor L. González, Mercedes y John Guarnaccia, Bonnie Hayskar, Liliana Hernández, Luz Hernández, Brant Kilber, Ciro y Darío Martínez, Julio Navarro, Nelson Navarro, Norma Padilla, Antonio Pérez-Asso, Fernando Rodríguez, Cilia Sánchez, F. Javier Saracho, y la tropa completa de Silvas (Gabriela, Luis Alfonso, Luis Arturo, Mauricio). A todos, una selva de gracias.

The following persons upheld, assisted or fed the development of this book: Coloma Araújo, Carmen I. Asencio, Conrado Calzada, Alfonso Carrero, Eva N. Dávila, Juan José González, Víctor L. González, Mercedes and John Guarnaccia, Bonnie Hayskar, Liliana Hernández, Luz Hernández, Brant Kilber, Ciro and Darío Martínez, Julio Navarro, Nelson Navarro, Norma Padilla, Antonio Pérez-Asso, Fernando Rodríguez, F. Javier Saracho, and the whole pack of Silvas (Gabriela, Luis Alfonso, Luis Arturo, Mauricio). To all, a jungle of gratitude.

PANGAEA